ラヴァーズコレクション

ラブ♥コレ

16th anniversary

秀 香穂里
KAORI SHU & CHIHARU NARA
奈良千春

バーバラ片桐
BARBARA KATAGIRI & CHIHARU NARA
奈良千春

いおかいつき
ITSUKI IOKA & TOMO KUNISAWA
國沢 智

犬飼のの
NONO INUKAI & TOMO KUNISAWA
國沢 智

西野 花
HANA NISHINO & UME

ふゆの仁子
JINKO FUYUNO & CHIHARU NARA

ラブ♥コレ16thアニバーサリー

秀 香穂里
KAORI SYU

いおかいつき
ITSUKI IOKA

西野 花
HANA NISHINO

バーバラ片桐
BARBARA KATAGIRI

犬飼のの
NONO INUKAI

ふゆの仁子
JINKO FUYUNO

奈良千春
CHIHARU NARA

國沢 智
TOMO KUNISAWA

うめ
UME

Lovers Label

CONTENTS

愛縛乳首
秀香穂里
POPCORN
illustration
奈良千春

「よし、今日はちょっと楽しいことをしてみるか」

薄いくちびるの端を吊り上げて笑う同居人の坂本裕貴に言われ、反射的に桐生義晶は身を竦ませた。坂本が考える楽しいことなんかろくなものではない。そうとわかっているのに肌が次第に熱を帯び、じん……とした疼きまで覚えるのだから我ながら始末が悪い。

「なんだ……楽しいことって」

「楽しいことは楽しいことですよ。俺たちの課長がもっともっと綺麗になってしまう魔法をかけてあげます」

右側からふうっと耳に熱い吐息を吹きかけられ、びくりとした。部下の叶野廉は爽やかな笑顔の下に悪辣なものを滲ませていて、早くも桐生のネクタイの結び目に指を差し込んでいる。

「や、やめろ。まだ部屋に入ってそう経ってないだろ！」

「あいにく、僕たちはきみを前にすると『待て』が聞けなくなってしまうんだよ。そのことはもうよくわかってるだろう、桐生くん？」

甘やかなテノールの声であやすように言うのは、上司の桑名守だ。

十月の夜、誂えたものだろうスリーピースをぴしりと身に纏った彼がちらりと赤い舌をのぞかせながら微笑む。温厚で面倒見もよく、懐が深い——そんな上司に対する感情は敬愛だったのだが、ここ最近立て続けに起きた出来事でイメージは一変した。

同居人の坂本はもともと変人だから仕方ない。ずば抜けて頭がいいくせにギャンブル狂で、大人の玩具作りに勤しんでいる。職業に貴賤はない。卑猥な玩具を作ることで楽しめるひともいるだろうからそこはいいのだが、坂本はいつでもどんなときでもサンプルをまず桐生の身体で試すのだ。大学時代からひそかに片想いをしている男にそんなことをされるのは屈辱でしかない。何度関係を断ち切ろうかと思い悩んだものの、そのたび坂本にあの手この手で引き留められ、最後には快感で支配されてしまう。

こんな関係はいやなのに。俺はおまえが好きなのに。

だけどそんなふうにも言ってられなくなった。坂本によって念入りに育てられてぷっくりと熟れきった乳首を叶野と桑名に見られてしまってから、この奇妙な四人の関係は始まった。

可愛がっている部下と尊敬する上司への感情も、この身体が火照るたびに変化していった。叶野は年下らしくやや性急で、情熱がありあまる。対して桑名は大人の余裕と技巧でいいように桐生を振り回す。それぞれの男と一対一で肌を重ねることだってあるのに、こうしてときおり三人に囲まれる夜もあり、そうなったらもうどこにも逃げ場はないのだ。

都心のシティホテルの一室。デラックスツインルームを押さえたのは桑名だ。ワイドダブルのベッドが二台あり、優美なカーブを描くソファとローテーブルもある。しかし桐生を中心に三人の男が集うのは美しい夜景が広がる窓側に面したベッドだ。

この部屋で会おうと昼間桑名からメールをもらい、危ういものを感じながらも上司の言いつけだから仕方なく足を運んだところ、待っていたのは桑名だけではなかった。部屋の扉を開けるなり目に飛び込んできたのはソファにゆったり座る、やはり仕事帰りにここに直行したらしいスーツ姿の叶野と、見慣れた黒パーカにジーンズというラフなスタイルの坂本だった。三人示し合わせていたのかと臍を噛む思いできびすを返す前に、素早く叶野に捕らえられ、力ずくでベッドに組み敷かれた。

ベッドサイドに立つスタンドライトがふわりと部屋を照らす中、桐生は早くも背中に汗を滲ませていた。

叶野に捕まったら坂本がにやにや笑いながら近づいてきて、手にしていた小型のボストンバッグのジッパーをもったいぶりながら開いていく。じりっとした音にどうしたって肌がざわめいてしまう己がなんとも不甲斐ない。叶野の反対側では桑名がベッドの縁に腰掛け、興味深そうな目で坂本の手元を見つめている。

「これで、おまえを彩ってやる」

そう言いながら坂本が取り出したのは、黒く染まる一本のロープだ。

「なんだ、それ……」

喉奥から絞り出す声が掠れてしまう。それを意に介さず坂本はロープをずるずると引きずり出し、強度を確かめるように左右に強くピンと引っ張ったあと、だらりとたゆませる。長さは十分にあるようだ。指二本ほどの太さがあるロープでいったいなにをしようというのか。

「……まさかおまえ、それで俺の首を絞めるとか言うんじゃないだろうな」

「まさか。俺の大事な実験台にそんなことをするわけがないだろう？」

しらっとした顔で言うこの男のどこに惚れているのか自分でもよくわからなくなってくる。次になにをしでかすかまったくわからないのに——じつのところ、その不安定さが生真面目一辺倒な己をたまらなく揺り動かすのだと、こころの深い場所で本能が囁いている。自分ではけっして破れない羞恥の殻を、坂本はいともたやすく正面から突き崩してくるのだ。

叶野も、桑名も。坂本に追従するだけではなく、彼らには彼らなりの性癖や好みの仕込み方があるということを、いまの桐生はいやというほど知らされていた。

「なあ、こいつの服を脱がせてやってくれ」

坂本が顎をしゃくって合図すると、片側にいた叶野が楽しそうに片目をつむる。そして桐生の耳殻にれろーっと舌を這わせながら、「もったいないって思ってます、いつも。俺、課長から服を脱がす瞬間が一番好きなんですよ」と囁いてくる。

「このワイシャツの下に隠されてるものがどんなにいやらしいか、俺たちはもう知ってますし」

「今日は桐生くんの可愛い乳首に吸盤は取り付けないのかい？」

「それよりももっと淫らな格好をさせてやろうかなって」

舌舐めずりする坂本が眼鏡の縁を押し上げる。桐生が身動きできないよう膝の上にどっかりと座ってベルトを抜き、こともなげにスラックスのジッパーを下ろしていく。しゅるりとネクタイが叶野の手によってかすかな音とともに引き抜かれ、ボタンが焦れったい感じでひとつずつ外されていった。

「ああもう、触る前からこんなにビンビンにさせて……課長ってほんとそそりますよねぇ。男なのにこんなに乳首を大きくしちゃっていいんですか？」

「おい、やめろ……馬鹿、いきなり……！」

「こっちは僕がもらおう」

反対側にいた桑名も待ちきれないのか、桐生の頰をやさしく撫で、つうっと硬い爪で首筋を引っかいていく。そのわずかな刺激さえ、いまの桐生には酷だ。

わかっていた。この部屋に来たらなにをされるか、頭ではわかっていたつもりだ。仕事のあとに上司にホテルに呼び出され、おとなしく話をして帰れるはずがないことは痛いほどに承知している。しかし、沸騰する意識の片隅で、なけなしの理性が叫ぶのだ。三人がかりで襲われたらひとたまりもない。泣きじゃくってしまうほどの猛烈な恥ずかしさと、どんなに喘いでも足りない快楽で縛り付けられる前に逃げ出せと。

理性にすがって必死に両足を動かして坂本を蹴ろうと思ったのだが、細身に見えてこの男はしなやかな筋肉を隠し持っている。じりっとも動かないことに焦り、助けを求めるように叶野、そして桑名に振り向いた瞬間、顎を捕らえられ、上司の長い舌がくちびるを強引に割ってくねり込んできた。

「ン……——ッ……!」

　ぬめぬめと蠢く舌が口内を蛇のように這い回り、上顎を執拗に嬲っていく。ちろちろと敏感なそこを舌先でくすぐられることで一気に体温が上昇していく。ん、ん、と漏れるあえかな息で反発しようとしても、上顎をがっしりと指で摑まれていて逃げられない。とろりと濃い唾液が喉の奥に落ちてくる。もう何度も味わった桑名のそれを桐生の身体は意思に反して悦び、んく、と喉を鳴らして飲み込んでしまう。体液を交わしたらもうだめだ。ガラスのような理性が端から削がれていき、切り立った鋭い破片で本能を剝き出しにしていく。

「ン、っ、う、う、っぁっ」

　なかば強引に舌を搦め捕られてじゅうっと吸われ、うずうずと擦り合わされる。それだけで下肢が痛いほどに張り詰めていき、羞恥で頰が熱い。

「おまえはほんとうに可愛いな。まだキスされてるだけだろ？　なんでこんなに硬くしてるんだよ」

「あ、あ、っそれ、は——んっ、ぁ、くぅ……!」

　もがく桐生から下着ごとスラックスを脱がせた坂本が、びくっと震えてしなり出る肉茎に含み笑いを漏らす。彼の言うとおりだ。たかだかキスされているだけでこんなにもたやすく反応するなんて、自分はほんとうにどうかしてしまったんじゃないか。

「課長は俺たちの愛撫が待ちきれないんですよね。ほら、ここ、もうふっくらしてる。やらしいなぁ……真っ赤に尖って先端に割れ目が入ってるじゃないですか。なんか滲み出そう」

「あぁ……っ！」

濃密なキスの最中からずきずきと疼いていた乳首をあらわにされ、男にしては大きく艶やかに肥大した肉芽を叶野が容赦なく根元からねじり上げてきた。

「ひ……ッあ、あ、かの、……っばか……っお、まえ……！」

指先でこねられることで芯が入った乳首がピンとそそり勃ち、真っ赤に充血していく。元はと言えば坂本に育てられた乳首は、あとから追いかけてきた叶野と桑名によってさらに深い快感を教え込まれ、油断するとシャツ一枚では尖りが透けてしまうほどになった。胸筋ごと強く揉み込んでくる叶野の大きな手のひらにくぐもった声を漏らし、つらいほどの快感に涙が滲んでくる。

こんなんじゃなかった。以前はこんなふうじゃなかった。自分だって真っ当な男のはずだった。別段おもしろみのない平らかな胸をしていたのに、変人の坂本があれこれと玩具でいたぶってきて、いまではたやすい愛撫ひとつで淫らな朱に染まる乳首へと変化したのだ。

「もう吸ってもいいですか？　課長のここ」

「僕もたっぷりしゃぶりたいな。舌先で転がすのがほんとうに楽しくてね。桐生くんの乳首を吸い上げるのがすっかり癖になってしまった」

「まあまあ、待ってくださいよ。今日の本番はこっち」

言いながら坂本は先ほどから手にしていたロープをたぐり寄せ、恥辱と快感で跳ねる桐生の身体に器用に巻き付けていく。喉元は避け、両腕を背中に回して手首をぎっちりと結び、女のそれよりももっといかがわしく育った乳首を際立たせるように両胸を盛り上がらせ、さらには臍、そしていきり勃った性器の根元にもぐるりと巻きつけ、しまいには秘所に当たる部分で固い結び目を作る。その手さばきといったら鮮やかというしかない。

ちょっとでも身動ぎしたら要所要所で結び目が肌を刺激し、幾らも経たないうちに玉のような汗がふつふつと浮き出て、桐生の淫らな肢体を艶やかに彩る。もともと色が白いほうなのだがいまはすっかり全身が朱に染まり、なかでも黒いロープがきつく食い込んだ胸は左右ともにぎりぎりまでふくらみ切り、三人の男の目を愉しませていた。

「坂本！　おまえ、こんな……こんなこと、どうして……！」

「電動式のローターやオナホで、自分やパートナーを愛でることは簡単だが、もっとシンプルな方法もあるだろうと思ってな。マネキン相手にだいぶ練習をしたんだ。ありがたく思えよ」

「くそ、なにがありがたいだ！　こんな――早く解け、でないと」

「でないと？」

おまえを部屋から蹴り出してやる。そのひと言を発する前にロープで根元を結わえられた性器の先端をぐりっと意地悪く擦られて、ひっ、と嬌声を上げてしまった。

「お漏らししてるぐらい濡れてるじゃないか。縛ってる最中からガチガチにしてたもんな」

ていく。

　坂本の長い指が肉茎に絡みつき、先端の割れ目をくりくりと擦って開いていく。そこはもうはしたないよだれを幾筋(いくすじ)も幾筋も垂(た)らし、尻(しり)の狭間(はざま)を卑猥(ひわい)に刺激するロープの結び目を湿(しめ)らせていく。

「ち、が、違う、あ、あっ」

　左右から叶野と桑名が襲いかかってきた。

「叶野、やめ……っ、桑名部長……っ！　う、う、ん、あ、っあぁっ、うっ」

　互いに競うようにじゅるりと乳首にしゃぶりつき、それぞれが違うやり方で甘い責め苦を桐生に味わわせる。叶野はすこし粗暴(そぼう)に乳首に噛みついて歯形を残し、桑名はじゅっじゅっと突起をしつこく吸い上げていく。胸の真ん中をロープで分けられているせいか、叶野と桑名はそれぞれに与えられたいわば陣地(じんち)——右と左の乳首を存分に堪能(たんのう)しているようだ。乳首だけではない。乳暈(にゅううん)ごとふくれ上がっているから、べろりと舌全体で舐め上げられ、桐生が精一杯(せいいっぱい)、身体をよじって喘ぐほどに胸筋も揉み解して育て上げられていく。

「エロいよなぁおまえの身体……自分でわかってるか？　縛られて、男に乳首を吸われて勃起(ぼっき)してるんだぞ。全部撮影しておくから安心しろよ」

　坂本は前もってベッドの足元に三脚(さんきゃく)と小型ビデオカメラを設置し、一部始終を録画していた。たまにそのカメラを手にし、壮絶(そうぜつ)な快感に啜(すす)り泣く桐生の顔をアップで撮り、舐めるように淫猥(いんわい)な身体を映していく。

なにが安心しろ、だ。こんな痴態を撮られたらもう二度と彼らには逆らえないではないか。
これから先も坂本たちのいいようになるのかと暗澹たる気持ちになりかけているのを察知したのだろう、「落ち着いて」といたずらっぽく目端で笑う叶野が乳首に噛みついて、ジンジンとした疼きを残していく。

「大丈夫、俺たちはあなたの退路を塞ぐことはしませんよ。ただ課長を純粋に愛したいだけ。こんなにやらしい乳首をした男を放っておけるわけないでしょう？　俺たちの手を離れたらどうなると思います？」

「たとえばそうだな。坂本くんが開発したローターをあそこに仕込んだまま、乳首を勃たせたきみを満員電車に放り込んだとしよう。きみから滲み出る色香にどんな男も理性を失うと僕は保証するね。そのひとりが僕だ。ほら、もうこんなだよ」

そう言って身体を起こした桑名が手早く自分の前をくつろげ、凶器のように鋭角に勃起する男根を見せつけてきた。彼のそれを何度しゃぶったことだろう。いやだいやだと抗っても最終的には口腔内にぐぐっと押し込まれ、蹂躙される。

今日もそうだった。息を吸い込もうとした瞬間、口いっぱいに頬張らされた桑名のそれに勝手に舌が絡みついてしまう。先端から滲み出る濃いしずくをもっと味わいたくて喉を何度も鳴らし、うながされるままにちゅぽちゅぽと吸い付く。まだスーツを着たままなのに、昂ぶった下肢だけ露出させた桑名が乱れた前髪をぐいっとかき上げ、ゆるく腰を遣ってきた。

上顎をやさしく擦る漲った雄が桐生の口を出たり挿ったりし、じゅぷじゅぷと卑猥な音を響かせる。口の中にも快楽の源泉があると教えてきたのは桑名だ。桐生はとくに上顎が弱い。斜めに反り返ったペニスでそこを抉られると、唾液がどんどんあふれて口の端からこぼれてしまう。自分と同じ男のものを咥えさせられているなんて、屈辱以外なにものでもないのに、身体はそれを裏切るかのように従順に反応し、奥のほうがきゅんとひくついて止まらない。

「あー、部長ばっかずるい。俺にも課長の口を味わわせてくださいよ」

「こういうのは年功序列だよ叶野くん。きみはべつの手段があるじゃないか」

「……あ、そうか」

ちらりと犬歯を見せて笑った叶野は手早く服を脱ぎ、目を瞠るほどの太竿を根元から扱いて、一瞬考え込む表情をする。

「手はうしろで縛られてるからだめか。じゃ、今日はこっち」

「ンン……！」

とろっと早くも先走りを滲ませた肉竿の先端で、桐生の育ちきった乳首をぐりぐりと撫で潰すことに夢中になる叶野のこめかみにも汗が浮かんでいる。

「ん、ン、む、うぅ、う、っ」

「イきたそうだな、桐生。何度イってもいいぞ。根元を縛られたままでも乳首をいたぶられるだけで、おまえはもうイけるだろう？」

悪い声にそそのかされて、桐生はびくびくと身体を跳ねさせた。性器の根元をロープで縛られているから達しようにも達することができない。射精ができないのだ。暴れ狂う快感は身体の中を駆け巡り、脳髄まで痺れさせていく。

ぐりっと一層深く桑名が押し込み、叶野が熟れた肉芽を抉るように勃起したものを擦り付けてきた瞬間、坂本が尻の狭間に食い込むロープの結び目をぎゅっと指で押し込んできたことで、びぃんと身体が強くしなった。

「――……ッ！　ッ、ッ……ッ！」

どこへも放つことができない射精感が限界までふくらんで、脳内で強く、強く弾ける。その快感はいままでに一度も味わったことのない強烈なものだった。意識の隅々まで赤く染まり、四肢は勝手に震え、何度も何度も乾いた絶頂が襲ってくる。息をついた瞬間に骨まで蕩けてしまいそうな快感がどこまでも追ってくる。

「雌イキができたみたいだな、いい子だ。おまえならやれると思った」

くすりと笑う坂本が硬度を保ったままの肉竿をやわやわと握り締めながら、会陰を指でそうっと撫で上げる。そのささやかな愛撫さえ、いまの桐生にはつらすぎて、涙が次々にあふれ出した。絶対に認めたくないけれど――いい、すごくいい。桑名のものが押し込まれている喉は唾液で一杯で、叶野の雄から滲み出るもので濡らされた乳首が疼いてたまらない。死にたいほどの恥辱と言葉にならない絶頂は背中合わせにある。だけど、どうしても埋められない空虚感があった。この肉体は男たちに散々嬲られ、仕込まれ、愛された果てにどろりと濃いしずくを求める器だ。皮膚の表面がちりちりする反面、内部の深いところで叶野、もしくは桑名――もしかしたら坂本の雄で犯されるのを求め、飢え、満たされ尽くすのを待ち焦がれている。

死んでもそんなことを口にはしないが。

達したばかりの身体で訴えても説得力はないだろう。まだ絶頂の余韻が残る身体を小刻みに震わせていると、「ああもう」と叶野が坂本と位置を変えようとする。

「もうだめ。課長の中早く味わいたくてたまんない。ねえ、いいですよね、坂本さん」

「待ってろ、すこし縄をゆるめてやるから、その隙間から挿れてやれ」

はっ、はっ、と息をとぎらせる桐生の敏感な秘所の結び目を解いてから、坂本が横に座った。正面には叶野。うずうずした顔で坂本が持ってきたジェルローションを手のひらに広げてゆっくりと双丘のあわいを探ってくる。

「っあ……あ、あ、あ！」

そこはもう蕩けんばかりに火照っていた。男の指がくねり挿ってくる悦びに震える肉洞は、ずっと奥のほうまでわななき、早く欲しいとばかりにうねる。

「すっごいな……熱くてめちゃめちゃ気持ちよさそ」

肉襞を指の腹で慎重になぞった挙げ句に、「俺の形にしてほしいでしょ？」と言いながら叶野が腰骨を摑んでぐうっと深く突き込んでくる。

「ん、んん、ン――……ッあ……――！」

　最初から叶野の剛直を呑み込むことになって、あまりにきつすぎるのだが、開花した身体は意識の先を行き、縁いっぱいまでせり上がっていた快感をどっと放つ。

「あっ、ン、ンっ、や、やだ、あぁっ、だめ、だめだ、んんっ」

　白濁を散らす間もずくずくと激しく貫かれておかしくなりそうだ。もっと、もっと奥まで欲しい。浮き出した太い血管までわかる。エラの張った男根で嬲られる桐生のそこは、いまやぴったりと叶野に絡み付き、浅ましいまでに食い締める。これだ、これが欲しかったのだ。身体の中に生まれた空虚感をやっと埋めてもらえたのだ。もっと突いて、揺さぶって、きわどいところまで擦ってほしい。無意識に叶野の逞しい腰に両腿を絡み付けて、湿った肌ですりっと擦り上げると、汗を落とす叶野が不敵に笑う。

「全部あげるからそんな顔しないでください」

「そ、んな顔って、あ、あ、だめだ、そこ、やだ、やだぁ、んんん、坂本、桑名さ――……っ」

　ずちゅずちゅと肉襞が立てる音に耳がじんじん痛い。腕が自由になっていたら叶野にむしゃぶりついているか、思いきり殴るかのどちらかだ。そのどちらも選べないから、ただもう喘ぐばかりで、ぐちゅりと埋められ、引き抜かれる凄まじい快感にイきっぱなしになってしまう。

「もっと……」

　快楽に潤んだ目で叶野を見つめ、期待を込めた視線で桑名と坂本を振り向く。それを合図に坂本がジーンズのジッパーを下ろし、昂ぶった切っ先を取り出して扱き上げる。桑名も再び自分のものを桐生の口に押し込み、髪をまさぐりながら「舌を上手に使うんだよ」と囁いてくる。

「これ、……解け。縄……解いたら、手でして……やるから……」

懇願したのだが、坂本は笑みを浮かべて首を横に振り、いやらしく充血した雄の先端で桐生の頬をなぞり出す。

「おまえの顔だけでイける」

いつまで経っても坂本はこの身体に挿ってこない。繋がることをとくに望まず、見ているだけで十分だというのか。それがせつなくてもどかしいから、――だったらふたりの男に犯されている俺を見ろと言わんばかりに、舌を大きくのぞかせ桑名に絡み付け、火照った肉洞で年下の男を魅了する。

「……ああ、いいな。課長のここ最高。ね、一度出してもいいですか？　俺、もう限界」

「そのあとは僕が引き受けよう。二番手はもっといい。桐生くんの中がぐちゅぐちゅになって素晴らしいんだ」

「よかったな桐生。おまえの身体は男に愛されるためにあるんだ。縄で縛るっていう古典的な方法もなかなかいいもんだ。あとでおまえの口の中で出してやるよ」

三人が三人とも好き勝手なことを言い、桐生をいいように振り回す。その奔放さに魅入られているから、桐生はますます興奮し、肌を赤く染め上げる。

「……ッ、く、……っ！」

「んん、ん――っ、ん、っ、ん！」

自分がどこで感じているのか、甘く罪な刺激がどこから発しているのかも朦朧とした意識では、しまいにはわからなくなる。

突いて、突いて、突きまくってきた叶野が最奥にほとばしりを放ったのと同時に、坂本が乳首をぎゅうっと指でねじりながら桐生の顔に射精し、桑名がどくりと口腔内を熱いもので満たしてきて、あとはもう高みへと押し上げられるだけだ。

「……っは……ぁ……あ……っあ……っあ、……あ……」

「どろどろに汚されても、おまえは最高だよ桐生」

楽しげに笑う坂本が、精液で濡れた桐生の顔をのぞき込み、片目をつむる。

「……ばかだ……おまえ、たちは……」

こんな自分に溺れるなんて。男の乳首に執心するなんて。

だが、ふくらんだ尖りは次の快感を待つかのように根元からそそり勃ち、甘ったるい疼きを孕んでいた。

三人の男が位置を変える。

それから――また、来る。

END

ラヴァーズ文庫16周年、ほんとうにおめでとうございます!

こんにちは、秀 香穂里です。
参加させていただけて嬉しいです。
「発育乳首」番外編、いかがでしたでしょうか?
そもそもこの「発育乳首」という気の狂ったタイトルで
本を出せたことにいまさらながらに深く感謝しています。
「搾乳乳首」とか「乳首飼育」(結構気に入っていた)
「乳首牧場」とかいろいろ候補はあったのですが、
最終的に本タイトルに決まったときは我ながら
ドヤ顔でした(お恥ずかしい)。
慎ましやかだったはずの受けの乳首を愛する三人の攻め、
という構図がとても好きなので、
また機会があれば書いてみたいです。
奈良千春先生、担当様、
ほんとうにありがとうございました!

発育乳首
ラフ画特集
CHIHARU NARA Presents

口絵ORカバーラフ
の画面?

背景 居酒屋個室
坂 キャララフ同。
ニヤリ…
吸盤
桑 キャララフ同
(上着ナシ)
叶 Yシャツ
+タイ(柄)
部長ハンカチ
←モブ部下
桐
ベストも着せ
います。

LCカバーの
私服・
部長
たばこ
スマホ
BEER
桐生
たばこ
欄干とネオン

左 桑 スリーピース
PIN 発情 乳首
かけられたあと。
ホテルベッド
カメラ
ぼかし アップ
坂 黒パーカ ナジーンズ

桐生

坂本
叶野
部長

全員
まま脱ぎ
⑤
まど。
夜景

⑧
夜景
ランプ・スマホ・時計

さっきからアラーム鳴りっぱなしだぞ
そろそろ起きろーー
…こんなに爆睡するとは珍しい…
すやぁ
…じのぉアニャルに…
バイヴお…
さんぼん…
…いん…
とんで夢の中でも開発中かよ
……
いやいや…
出勤前だろ俺…
こんなただの生理現象に何を盛っているんだ…
落ち着くんだ深呼吸して……
きりゅうう…
は…?
…俺の夢とか
…アニャルにバイブ3本より
卑怯すぎる(歓喜)
何よりコレが欲しい件……
はふぅ……

…キスはしてくれるし
セックスだけが
愛じゃないから……
…うん…
パンツ洗って
出よ……。
ぶつ
ぶつ
ピロン♪
!!
俺に突っ込まれ
でもしたか？
ドスケベ♡
なにを
送っていっ
か起き…!?
俺らのルール其の1
情報共有だから。
お前自身だって
抜けがけNG
なんだぜ？
今のはお仕置き
案件かもな
坂本くん最肩イクないに
ピキ
ピキ
END!?
くそ…
くそっ
ラヴァーズさん
祝
16周年
お仕置き
下着プレイ
坂本くんのクズっぷりが良きです☺ 2020.奈良千春

たまには違う装いを
Kazuma & Jingu
お気に入りのシャツ
Sakura & Wakamiya & Mochizuki
いおかいつき
illustration 國沢 智

たまには違う装いを

「早かったな」

河東一馬は玄関ドアを開けて、神宮聡志を出迎える。

「今日一日で終わらせたい」

「まるで、お前んちの片付けをするみたいだな」

神宮の言い草に一馬はふっと笑う。

「するべきことが残っているのは気持ちが悪い」

「するべきって、特に困ってねえぞ」

一馬は四日前に引っ越してから、ずっとそのままにしていた段ボールを見ながら言った。

神宮の車に乗るだけの荷物しかなかったから、業者を頼まず、神宮と二人だけで作業を済ませた。だから、退去後の掃除もあって、新居には荷物を運び込むだけしかできなかったのだ。

「俺が気になるんだ」

神経質の神宮らしい答えだ。一馬は部屋の中に段ボールが残っていようが、服を詰め込んだままのバッグが置いたままだろうが、全く気にならない。必要なときに開ければいいと思っているし、現にそうしてこの四日を過ごしてきた。だが、神宮はずっと片付けられなかったことを気にしていたようだ。だから、わざわざ一馬の休みに合わせて有休を使ってまで、朝から片付けにやってきたというわけだった。

「ま、俺は助かるからいいけど」

一馬はそう言って、先に室内へと進む。その後ろを神宮がついてきていたのだが、ふと気づいたように声をかけてきた。

「随分とラフな格好だな」

「今日は片付けだろ？　外に出ないならこれでいいかと思ってな」

部屋の奥まで進んでから、一馬は振り返り答えた。

まだ暑いからと、下はジャージだが、上はゆったりとしたタンクトップ一枚だけだった。

「それで外には出るなよ」

「出るつもりはないけど、なんでだよ」

「見えてる」

険しい声の神宮の視線を追うと、それは一馬の胸元で止まった。

「脇が明きすぎだ。横から乳首が見える」

「ああ、そういうことか」

一馬は納得して、自らの胸元に目をやった。確かに神宮が指摘したように、このタンクトップは襟ぐりどころか脇も広く明いている。

「それ、自分で買ったのか？」

言外に趣味が悪いと言われているようで、一馬は苦笑いする。

「もらい物だ。着る機会がなくてしまい込んでたんだけど、引っ越しの荷物を詰めてるときに発見してさ。もったいないから着てみたんだよ」

「誰にもらった？」

「桂木」

隠すことでもないし、おそらく神宮も気づいているだろうからと、一馬はあっさりと答えた。

「やっぱりか」

神宮は嫌そうに顔を顰めると、一馬に向けて手を伸ばしてきた。

「……っ……」

脇から差し込まれた手に胸の尖りを撫でられ、一馬は思わず息を詰める。けれどすぐにその手を撥ねのけた。

「触ってほしいから見せつけてるのかと思った」

「そんなわけあるかよ」

一馬はむっとして反論する。

「触られたくないなら、もうそのシャツは着ないことだな」

「もしかして、桂木にもらったから嫉妬してたりする？」

「当然だろう」

相変わらず嫉妬心を隠そうとはしない神宮は堂々と言い切った。

神宮の機嫌を悪くさせてまで着たい服でもないが、ただ……と一馬は思う。

「なら、お前が着る？　あいつがくれたってことは安物じゃないだろうし、もったいないだろ」

「そんなだらしない格好をしてたまるか」

「たまにはいいと思うけどな、こういうのも」

そう言って、一馬は想像でこのシャツを神宮に着せてみた。似合っていなさすぎて面白い。

だが、横からチラリと覗く乳首まで想像すると話は変わってくる。

「うん。いいな。ちょっと着てみよう」

なんなら今すぐ着替えろとばかりに、一馬は神宮のシャツに手をかけた。

「お前が何を考えたのかは容易に想像はつくが、絶対に着ないぞ」

神宮は一歩後ろに下がり、一馬から距離を取る。

「外に着ていけって言ってるんじゃないんだし、遊び心は必要だって」

「お前が楽しみたいだけだろう」

「お前だって楽しんだくせに」

「俺が頼んだわけじゃない」

睨み合い、不毛な言い争いが続く。せっかく休日を合わせて神宮が来たけれど、結局、片付けは進まなかった。

END

お気に入りのシャツ

暦的には秋に入ろうかというのに、まだまだ暑さの残る中、佐久良晃紀はいつものスリーピースのスーツを隙なく着こなしていた。

「なんで班長は、そんなに涼しげなんですか？」

右隣を歩く若宮陽生が、ジャケットを脱ぎ、ネクタイを緩めながら問いかけてきた。少々、緩んだ格好になっても問題はないだろう。まだ勤務時間なら注意したが、既に帰宅中で自宅マンションに向かうところだ。佐久良は苦笑しつつも若宮の質問に答えた。

「慣れ、だろうな」

「いやいや、慣れないって」

「そうか？　望月も暑そうにはしてないぞ」

そう言って、佐久良は左隣を歩く望月芳佳に目を向ける。佐久良のようにベストはないものの、スーツのジャケットを身につけたままだ。

「こいつのは痩せ我慢ですよ」

「否定はしません」

望月は涼しい顔で答える。

「涼感のシャツは着てますけどね」

「ああ、それなら俺も着ているぞ」

望月の言葉に、佐久良は少し得意げに答えた。

「もしかして、俺がプレゼントしたシャツ？」

「今日のはどうだったかな。気に入ったから、同じものを買ったんだ」

佐久良の洋服は上から下まで、ほぼ昔からの馴染み（なじ）の店で揃（そろ）えられている。だから、身につけると涼しく感じるシャツがあるとは知っていても、その店で売っていなければ買おうとまでは思っていなかった。だが、若宮にいいものがあるからとプレゼントされ、その着心地（きごこち）の良さに同じものを買うため、何年ぶりかで知らない店に足を運んだのだ。

「そんなにいいんですか？　どこのだろう？」

望月が首を傾（かし）げている。涼感シャツを売り出している会社は幾（いく）つもあるから、望月が佐久良と同じものを身につけているとは限らない。

佐久良が購入した店の名前を口にすると、望月は違うと首を横に振った。

「素材が違うのかな。俺のはそこまで涼しくないですよ。後で見せてもらっていいですか？」

「ああ。わかった」

もうマンションは目の前だった。元より、明日は休みだからと今日は三人でゆっくりと過ごすつもりでいた。何をするのかはわかっていたし、佐久良自身、それを望んでいたから、インナーシャツを見せることくらいなんでもないことだと思っていた。

部屋に上がり、望月に乞われるまま、ジャケットを脱ぎ、ネクタイを外し、シャツを脱いでみせた。肌に触れることで涼しく感じるようになっているからか、かなり体にフィットするタイプのインナーシャツだ。

「俺と同じサイズだと少し小さかったかぁ」

「晃紀さんのほうが筋肉がありますからね」

若宮と望月が二人して、佐久良のシャツ姿の感想を口にする。

「だが、生地が伸びるからか、キツいとは感じない」

佐久良はそう言って、肩を上げ、腕を回してみせた。こんなに大きく動かしても、肩回りも腕の半ばまである袖の裾も、動きを制限するような違和感はない。

「いい」

「最高です」

見ている側にしてはおかしな感想に、佐久良は訝しげな視線を二人に向けた。

「何がいい……」

問いかけたものの、佐久良の口はその二人の視線の行き着いているところに気づいて、すぐに閉ざされる。二人は明らかに佐久良の胸元に、熱の籠もった視線を向けていた。佐久良もその視線を追うように、自らの胸元に視線を落とした。

「あ……」

佐久良の顔が赤くなる。シャツがフィットしているということは、それだけ体のラインがはっきりと現れるのだ。刑事という仕事柄、体は鍛えている。それを象徴するように胸筋が張り出しているのはいい。だが、そこに飛び出した二つの小さな突起が佐久良の羞恥を煽った。

「シャツの下がこんなに卑猥だったなんて……」

そう言った若宮の手が、佐久良の右の胸元に伸びてくる。

「誘っているとしか思えませんね」

頷きながら、若宮に同意した望月の手は左の胸に触れた。

「あっ……」

シャツの上から左の突起を摘まれ、甘い息が漏れる。

「晃紀は優しいから、俺にちゃんと着てるってところを見せたかったんでしょ？　乳首を立たせるっていうオプション付きで」

「ち、違……」

否定したいのに、右の突起を指先で撫でられ、言葉が出ない。

若宮と望月、二人がそれぞれ両サイドから手を伸ばし、両方の乳首を刺激してくる。二人の手によって、完全に性感帯へと変えられた乳首は、軽く触れられるだけでも快感を拾ってしまう。今も既に体から力が抜け始めていた。

「おっと、危ない」

ふらついた佐久良の体を若宮が受け止める。若宮のほうが佐久良よりも背が高いし、それなりに鍛えている。だから、こういうとき佐久良が咄嗟に縋るのは若宮だった。

「それ、気に入りませんね」

若宮に体を預けていた佐久良は、望月の細めた目の険しさに、ぞくりとした寒気を感じた。

「俺の前で若宮さんを頼るなんて、そんなにお仕置きされたいんですか？」

刺すような望月の視線に、佐久良は思わず生唾を飲み込んだ。これまでお仕置きと称して、望月からされた仕打ちを思い出し、期待で体が熱くなる。

「こいつにお仕置きなんてされなくても、俺がそれ以上に感じさせてあげてるでしょ、ね？」

そう言った後、若宮が佐久良の耳を食んだ。

「ふぅ……」

微かに息が漏れる。自分で触っても何も感じない耳が、こうして若宮が触れると途端に性感帯へと変わってしまう。

「お仕置き決定ですね」

「痛っ……」

両胸の尖りを同時に強く摘まみ上げられ、佐久良は痛みに声を上げる。

「痛いだけじゃないでしょう？」

揶揄うような響きを含んだ問いかけに、佐久良は否定も肯定もできない。自分でもわかるほどの体の反応が、望月に気づかれないはずはなかった。

「悔しいけど、晃紀は敏感だからなぁ」

若宮が耳元でクスリと笑う。

誰がこんな体にしたのだと佐久良は首を回し、若宮を睨んだ。二人に出会わなければ、自分がこんなに快楽に弱い人間だと気づかずに済んだのだ。

「そんな誘うような目で見て……。わかってるって。これじゃ、足りないって言うんでしょ」

若宮が嬉しそうな笑みを浮かべ、耳元で囁きながら双丘を撫で上げた。

「こっちも目立ってきましたからね」

望月は佐久良の股間に手を這わせた。その感覚に佐久良は驚いて視線を落とした。佐久良の下肢には何も残っておらず、剝き出しの屹立に望月の指が絡んでいたのだ。若宮に意識を向けていたせいで、佐久良の下肢からスラックスや下着が剝ぎ取られているのに気づけなかった。

「じっくりと感じさせてあげたいから、ソファに移動しましょうか?」

そんな問いかけにも、佐久良は頷くしかできない。立ったまま軽く前と後ろを撫でられただけで、もう奥が疼いてきた。

ソファまではほんの数歩の距離だ。それなのに足が震えて力が入らず、若宮の支えなくしては辿り着けなかった。

ようやく腰を下ろしたものの、革張りのソファの感触を肌に直接感じて、今の姿を思い知らされる。ぴったりとしたインナーシャツ一枚だけを身につけ、中心を勃起させている。ひどく滑稽で淫らな姿だ。だが、それを目にするのが嫌で、佐久良は瞼を閉じた。

「なんで目を閉じちゃったんですか？　恥ずかしい？」

右隣に座った若宮に問いかけられ、佐久良は黙って頷いた。

「これが恥ずかしいんだ」

佐久良は唯一残っていたシャツの裾を摑んで言った。中途半端に一枚だけ身につけているから、余計に気になって羞恥心が湧き起こるのだ。

「そんな恥ずかしいものを着て、一日中、乳首を立たせてたんですか？」

「そんなわけな……いっ……ん……」

また胸へと手を伸ばされ、佐久良は口を閉ざし、反射的に目を開けた。

「真面目な顔して、スーツの下はこんなになってたなんて、想像だけで勃ちそうなんだけど」

若宮の言葉に釣られて視線を落とすと、確かにそこはうっすらと盛り上がりを見せていた。

佐久良は若宮の中心から視線が逸らせなくなる。

「触りたい？」

淫らな誘いに佐久良は答える代わりに息を吞んだ。拒む言葉は出ず、視線を逸らさない佐久良に、若宮は小さく笑いつつも、前を緩め、まだ完全には力を持たない自身を引き出した。

佐久良はそこにそっと手を伸ばす。

「ふ……」

佐久良の指が絡んだ瞬間、若宮が微かに息を漏らした。自分の手で若宮が感じてくれている。いつもされるばかりのことが多いが、佐久良にも若宮や望月を感じさせたいという気持ちはある。だから、佐久良はさらに手を動かした。

「じゃ、俺もお返し」

若宮がされっぱなしでいるはずがない。すぐに若宮の手が佐久良の中心を包んだ。

「は……ぁ……」

若宮と違い、既に勃ち上がっていたそこは、待ちかねていた刺激を受けて、先走りを零す。佐久良の口から発せられた声には甘い響きしかなかった。

「晃紀さん、こっちを向いてください」

少し苛立ったような望月の声に、佐久良は反射的に顔を向ける。若宮とだけ愛撫し合っていたことに腹を立てているのだろう。

自分を見つめる望月の視線に、佐久良はどこか後ろめたさのようなものを感じる。決して若宮を優先しようとか、気持ちの比重が若宮に傾いているとかではなく、たまたま若宮が先になっただけだ。けれど、望月の激しい責めを知っている体は無意識に震えた。

そのほんの僅かな怯えた仕草に満足したのか、望月が嬉しげに笑う。

「俺も相手をしてほしいだけですよ」

だから、キスをしましょうと望月が顔を近づけてきた。

唇が重なり、すぐに口中を犯される。キスでは負けないと思うものの、屹立を扱かれながらでは、本領を発揮できない。どうしても、望月に押されてしまう。ソファの背もたれに背中を押しつけられ、一方的に口の中を蹂躙される。舌を絡め合うことさえ、望月のペースだ。

「……っ……」

また乳首を摘まれ、体が跳ねる。痛みを感じるほどの強さは、確認しなくても望月の仕業だとわかる。ただ痛いだけでなく、佐久良が感じる痛みを望月は熟知していた。

きっとインナーシャツがなければ、胸が腫れて赤くなっているのがわかっただろう。けれど、見えないからか、いつも以上に執拗に弄られている気がする。

胸と屹立に与えられる快感を堪えるために息を吐こうとしても、深いキスで口を塞がれている。こんな状態ではとても手は動かせない。

「待っ……俺だけ……」

両手で望月の胸を押し、キスから逃れ、言葉を途切れさせながらも、二人にも感じてほしいのだと佐久良は訴える。

「大丈夫。触ってるだけでギンギンになってるから」

「心置きなく乱れてください」

その言葉を合図に、また二人の手の動きが再開する。屹立を扱き立てる若宮の指は、先走りのおかげかより滑らかになり、佐久良を追い詰める。両方の乳首を弄る望月の指は、さっきよりも強く捏ねるように摘まみ上げ、佐久良の息を荒くする。

「もうっ……」

限界だという佐久良の声は、二人に届いた。

「いいですよ、イッて」

若宮の優しい声とともに屹立を搾り取るように強く扱かれ、佐久良は熱い迸りを解き放つ。

佐久良は顔を伏せ、荒い息を整えようと肩で大きく深呼吸をする。

「早いですね。やっぱりこのシャツのせいで、一日中興奮してたんですか？」

「そんなわけないだろう」

一人だけイかされた恥ずかしさで、揶揄する望月から顔を逸らす。

「素直じゃないですね。罰として、今日は最後までこれは着たままです」

そう言って、望月はまだ身につけたままだったインナーシャツの襟ぐりを軽く引っ張った。

「どうして……？」

佐久良はそれが罰になる意味がわからず、問いかける。

「だって、俺たちにずっとこんなやらしい姿を見られ続けてるんだから、恥ずかしいでしょ？」

望月に代わって答えた若宮の言葉で、忘れていた羞恥が一気に蘇る。ごく普通のインナーシャツがひどく淫らな衣装に思えた。一秒でも早くこれを脱いでしまいたい。シャツの裾に手をかけたものの、それは二人によって阻まれた。

「罰だって言いましたよね？」

ニヤリと笑った望月が、佐久良の胸元にローションをかけてきた。

「ほら、これでもっといやらしくなりましたよ」

「うわ、絶景だ」

若宮の弾んだ声に視線を落とせば、濡れた胸元が透けて、二つの赤い尖りが存在感を主張していた。羞恥に顔だけでなく、全身が熱くなる。だが、それだけではない。

「ホント、体は素直ですよね」

若宮の視線がどこに向かっているのかすぐにわかった。辱められて感じてしまうことは二人には知られている。案の定、達したばかりの股間がまた反応を見せていた。若宮だけでなく、望月の視線もそこに集中している。

「今度は俺たちも気持ちよくさせてもらいます」

望月の宣言は当然のことだ。佐久良は無言で頷いた。

「それなら……」

「よっと」

望月と若宮は独り言のように短い言葉を発し、佐久良の両足を両サイドから持ち上げた。

佐久良の足は大きく開かれ、二人にそれぞれ抱えられる。佐久良の体はソファの背もたれに沿ってずり下がり、腰が浮き上がった。

「こんな格好っ……」

佐久良の口から悲鳴に似た声が上がる。あまりにもひどい格好だ。

「誰も見てませんよ」

「俺たち以外はね」

それが恥ずかしいのだと言葉にすることはできなかった。外気に晒された後口にローションがたっぷりと垂らされたからだ。おまけに二人は佐久良の目の前で、自らの指にもローションを纏わせている。

「随分と待ちかねていたみたいですね。ひくついてる」

嬉しそうに笑った若宮の濡れた指先が後口に触れた。

「んっ……」

佐久良は軽く体を震わせた。甘えたような声を上げてしまったのは無意識だ。そんな佐久良の反応は二人を喜ばせた。

「早くほしいってよ」

「わかってます」

若宮に対しては不機嫌そうに答えながらも、望月もまた指を後口に近づけた。

同時に触れた二本の指先がゆっくりと中へと沈んでいく。

「あっ……あぁ……」

奥に進む指が佐久良の声を押し出させる。

いきなり二本も指を入れられ、苦しいくらいの圧迫感があるのに、それ以上に快感を拾ってしまう。佐久良の中心はすっかり勢いを取り戻していた。

「そんなに気持ちいい？」

問いかけに佐久良はコクコクと頷くしかできない。

「ここはどうです？」

「ああっ……」

前立腺を指の腹で擦られ、佐久良は背をのけぞらし、一際大きな声を上げた。

「ここを弄られるのが好きですか？」

佐久良が答えなかったからか、望月は言葉を変えてまた問いかけてきた。

好きなわけじゃない。感じすぎて怖い。けれど、そう答えることは許されない望月の圧に、佐久良はまた黙って頷いた。

「はっきり言ってください」

言葉は丁寧ながらも、中を弄くる指は強く前立腺を擦りあげてくる。佐久良は嬌声の合間に、必死で答えを返す。

「あぁ……好……好きっ……ん……」

「何が？」

「中……中を擦られるのがっ……好き……」

「よくできました」

「ああっ……」

褒められるのと同時に指先で前立腺を引っかかれ、また嬌声が上がる。

こうして佐久良が望月に翻弄されている間に、若宮は指を増やしていた。既に佐久良の奥は三本の指に犯され、押し広げられていた。

「そろそろ大丈夫そう。もっと熱くて大きいのがほしくないですか？」

若宮が佐久良の顔を覗き込んで尋ねる。

既に恥ずかしい台詞を言わされた後だ。快感に全身を支配され、自分がどれだけ淫らなことを口走ろうとしているのかなど、客観的に考える余裕は佐久良に残っていなかった。

「ほしい……」

うっとりとしたように呟く佐久良に、二人はすぐさま答えた。中から指を引き抜くと、佐久良の前に立ち、前を緩めて股間を晒す。佐久良はソファに座っていて、二人は床に立っている。目線がちょうど二人の股間にあった。

「どっちがほしい？」

見せつけられる二人の屹立……。佐久良は視線を巡らし、乾いた唇を舐める。それが物欲しげに舌舐めずりしているように見えることなど気づかない。

「どっちも……」

「欲張りだなぁ」

若宮はそう言いながらも笑っている。最初からどちらが先に佐久良を抱くかは決めてあったのだろう。何も言葉を交わすことなく、望月が再びソファに上がり、その場に残った若宮が両の太腿を自らの体を挟むようにして抱え上げた。

「くっ……うぅ……」

若宮が中に入ってくる。初めてではないし、充分に解されていたから痛みはない。それでも狭いところに大きなものをねじ込まれる圧迫感は拭えない。

「休んでる暇はありませんよ。こっちも」

膝立ちしている望月に顎を取られ、股間へと引き寄せられる。向かう先は猛った屹立だ。

どちらもほしいと言ったのは佐久良だ。拒む理由はなかった。

おずおずと口を開き、口中へとそれを引き入れる。

屹立の味や感触は、何度経験しても慣れることはないのに、不快ではないどころか、もっとほしくなってしまう。佐久良は夢中で舌を這わせた。

「いいですよ。上手です」

褒められ柔らかく頭を撫でられ、佐久良は促されるようにますます動きを加速させた。

「痛っ」

　声を上げたのは望月だ。佐久良がうっかり歯を立ててしまったからなのだが、そうさせたのは若宮だ。まだ馴染まない奥を揺さぶったせいだ。

「食いちぎられたらどうするんですか。気をつけてください」

「俺を無視するからだろ」

「無視されるような動きしかできないのが悪いんですよ」

「馴染むのを待ってただけだ」

　佐久良の頭上で二人が言い争いを始める。佐久良はそっと口を離し、二人を見上げた。

「も……早くしてくれ……」

　ずっと中にいる若宮の熱が、動かなくても佐久良を熱くしていた。若宮は気遣いで待ってくれていたのかもしれないが、佐久良にすれば焦らされているようなものだ。

「ごめんね。お待たせしました」

　若宮は佐久良ににっこりと微笑みかける。

「ここからは激しくなるから、お前は手で我慢してろ」

「言われなくても、噛まれたくはありませんから」

　望月は佐久良の隣に腰を下ろし、佐久良の手を取って、自身へと導く。けれど、その手を佐久良が自分で動かすことはできなかった。

「あ……はぁ……あっ……」

ずんずんと奥へ打ち付けられ、佐久良はひっきりなしに嬌声を上げ続けた。その間、佐久良の手は望月に掴まれたまま、自分の意思とは関係なく、望月の屹立を扱かされている。

若宮は的確に佐久良を追い詰めていた。挿入する前から勃ち上がっていたから、限界に近づくのも早かった。

佐久良は空いている手を自らに伸ばし、早くイきたいという思いだけで、必死で手を動かす。

「イきますよ」

若宮の声に佐久良はただ頷いて返す。体内に広がる熱い迸りに、佐久良もまた自らを解き放つ。望月もタイミングを合わせたのだろう。さほど遅れず、佐久良の手を濡らした。

「晃紀の中、気持ちよすぎ。こんなに早く終わる予定じゃなかったのに」

若宮が照れくさそうに笑いながら、佐久良の中から萎えた自身を引き抜いた。ずるりと抜け出る感覚に鳥肌が立つ。

「何か冷たいものを持ってきますね」

上機嫌で若宮がキッチンに向かう。

「それじゃ、今の間にこれを脱いでおきましょうか」

望月がそう言って、ローションと汗で濡れたインナーシャツを脱がしてくれた。

「よかったのか?」

罰だと言っていたのにと、視線で問いかけると、

「いつまでも、あの人とお揃いを身につけていられるのはムカつきますから」

望月は不服そうに鼻を鳴らした。

いつも感情を見せない望月がこんな子供めいた仕草を見せるのは初めてだ。年下の可愛らしさを見せつけられ、佐久良は笑みを零す。

「いいんですか。そんな余裕の態度を取ってると、すぐに再開しますよ？　俺はまだあなたの中に入ってないんですから」

望月がいつもの表情に戻り、佐久良に詰め寄る。その視線には冗談ではない熱があった。

「ちょっと待った。何二人で始めようとしてんの」

焦った声とともに若宮が戻ってきて、見つめ合う佐久良と望月の間にグラスを割り込ませた。

佐久良はそれを受け取り、喉の渇きを潤す。望月との間に漂い始めていた淫靡な空気はおかげで拡散された。

「そうだ。このシャツはもう着ないほうがいいのか？」

佐久良は床に落とされたシャツを見ながら、望月に確認を求めた。若宮とお揃いが嫌だと言っていたからだ。

「それは、是非着てください」

何故か、二人揃って頭を下げられた。

END

ラヴァーズ文庫16周年、おめでとうございます！

今年はリロード本編の二人も
飴鞭の三人も書かせていただきました。
お祭り気分で浮かれたお話になりましたが、
楽しんでいただければ幸いです。
来年もまたこのお祝いに参加させていただけるよう
精進いたしますので、
今後ともよろしくお願いします。

ラヴァーズ文庫様の益々のご発展をお祈り申し上げます。
いおかいつき

ベッドルームキス
飴と鞭も恋のうち Second ヴァージン ラフ画特集
TOMO KUNISAWA

表紙ラフ①
白衣
脱げかけ

高そーな?
ソファ
神宮顔ー②
(去年のラフより)

口絵 P18
口うっすら
or

17

アメムラ2
カバーラフ2
・お尻強調・もっと
上半身は片腕だけ
シャツがからま
こんな。
くびれ見せ
左腕をど
下半身
→下着の
スラ
若の左腕
どうする？
若
腕のやり場…
着せて
らだけ
腕がせる？

若宮
口絵調整ラフ
佐久良
スペースあるので
もう少し上に
上げる？
若&望の
視線は
さくらへ
望月

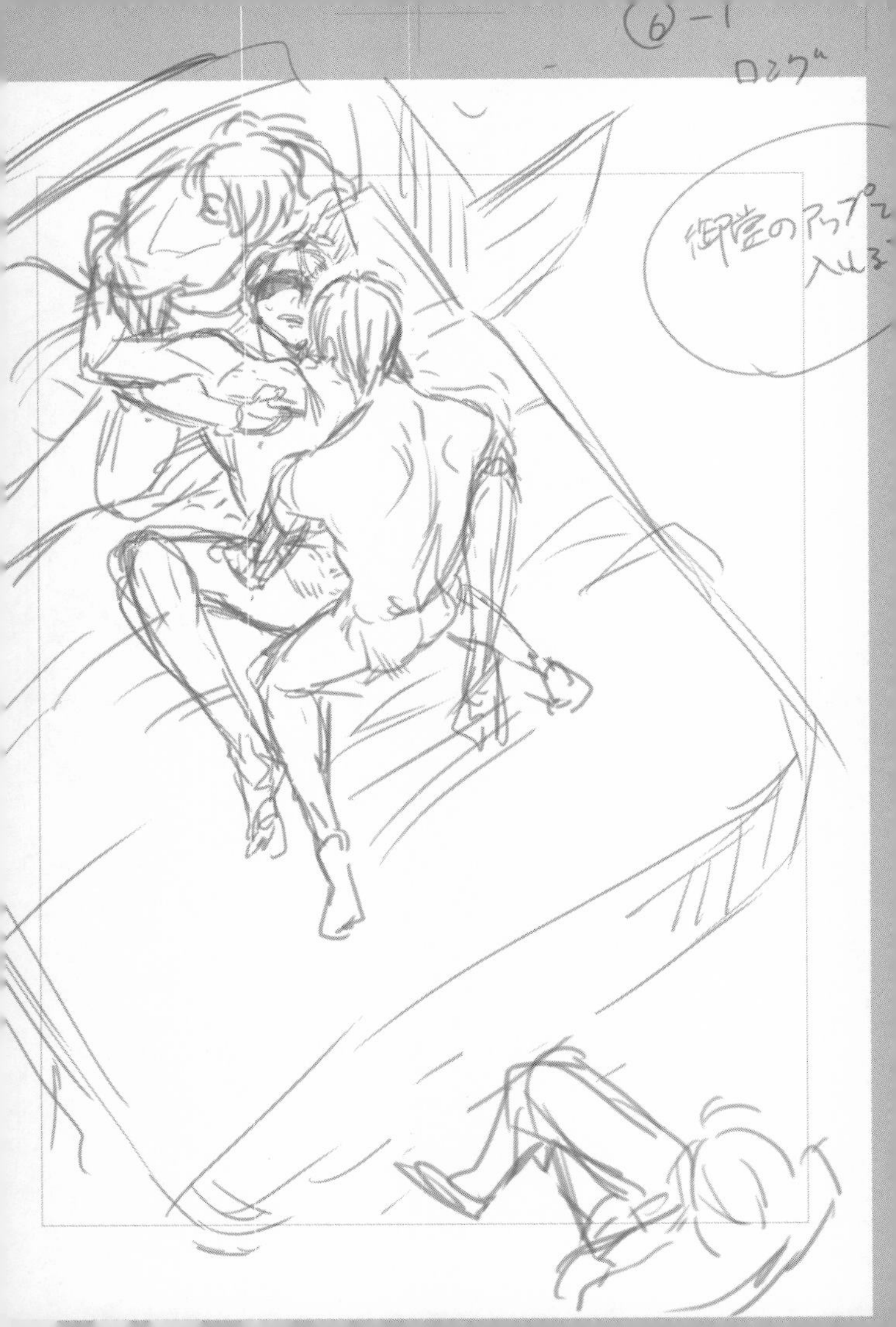
⑥－1
ロング
御堂のアップを入れる

ふー…
・ミイラ取りが何とやら・
くにはわとも
なぁに物欲しそうに見てんだ
……
見てません
キスしてやろうか
煙草臭くなるんで
チラ
そりゃオトナの味って言う…
!
ピリリリッ
俺んとこじゃなくてなんでおま…
ス
神宮です
はい、堤
ああ
…ああ、
分かった
しっ
……

ぶッ
ゴホゴホッ
ちょっ…!
いきなりなにす…ッ
ゲホッ
結果は車で聞く
先行くぞ

絶対啼かす…!!
♪
END.
祝!! 11周年おめでとうございます!
ラヴァーズ文庫さんの益々のご発展を願って!
堤さんスゲー噎せてたけど大丈夫か?
さあな
あッ せんぱーい♡
はいはい待ちなさいよ
げッ

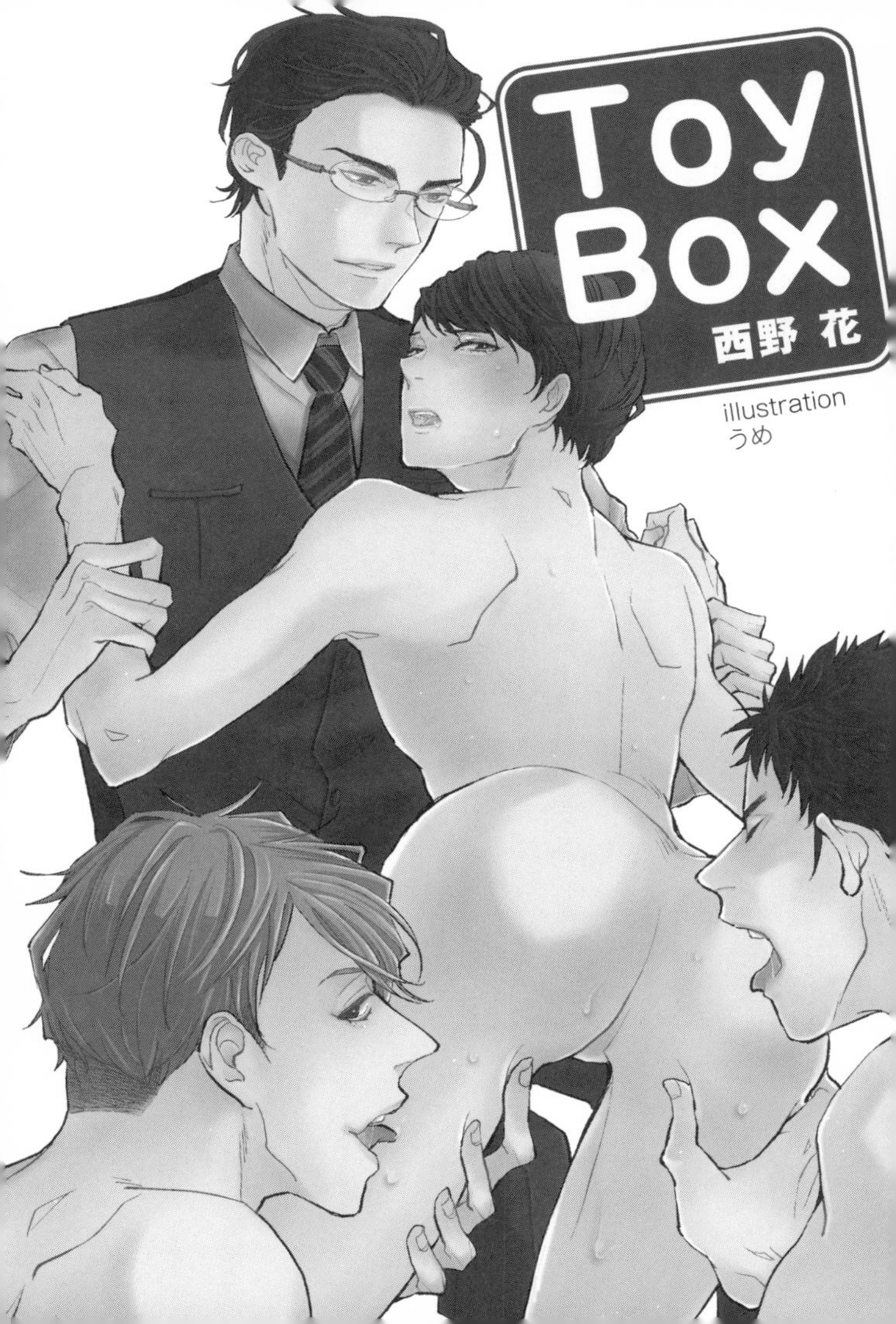
Toy Box
西野 花
illustration
うめ

「どうしてこれを俺の部屋に置いておくんだ」

クローゼットの中にあった段ボールを指し示し、理月は言い放った。

すると、そこにいた後藤は、ひどく不思議そうな顔をする。

「あ、邪魔でしたか？　でも理月さんのお部屋、荷物があまりないので空間は逼迫しないと思いますが」

「……そうじゃなくて」

悪気のない後藤の言葉に、思わず頭を抱えそうになる。

「そもそも、勝手に俺の部屋を送り先にするな」

そう言うと、後藤は「はあ」と気の抜けたような返事をした。

「お言葉ですが、注文をしたのは武内課長なので……」

「……武内を呼んでこい！」

「承知しました」

後藤は部屋を出て行き、リビングにいた武内を呼ぶ。彼はすぐにやってきたが、何故かマテイスまでついてきた。

「どうかいたしましたか」

「お前がこれを注文してここに送ったんだったな、武内」

「はい。理月さんを愉しませて差し上げるために」

この三人の秘書と、理月は肉体関係にある。最初は身体から始まり、ちょっとした誤解とすれ違いはあったものの、彼らの愛情を受け取り、理月は一度に三人もの恋人兼秘書を手に入れてしまった。その中でも秘書課の課長である武内は昔から理月を知っており、密かに淡い想いを抱いていた。その武内とこんなことになってしまい、戸惑う気持ちもなくはなかったが、結局は感情が勝ってしまった。そもそも、仕事を離れて彼らと関わると、理月の理性は紙のように防御が薄くなってしまうのだ。

落ち着いた大人の男で、三人のまとめ役の武内。日米のハーフで帰国子女のマティスは社交的で洒脱。学生時代は空手をやっていたという後藤は、よく気が利いて闊達だった。

その中でも、武内は理月にとって特別な存在だ。

真面目で忠義に篤い男だと思っていた武内だが、再会してそれは表の仮面だとわかった。穏やかな瞳の奥の、歪むほどの真っ直ぐな執着。そんな、一見すると矛盾する想いを、理月は彼を通して知ったのだ。

今の生活は、身も心も満たされていると言える。若くして社長に就任し、いっぱいいっぱいで余裕のなかった理月を、彼らはいささか強引な手段で癒やしてくれた。そのやり方には幾らか力ずくなものもあるとは言え、理月はそれを容認してきたつもりだった。何しろ、理月自身も望んでいる部分が少なからずある。だがそれを目につくところに置いているのは、さすがに注意しなければならないだろう。

「こんなものを、俺の部屋に置いておくな」

「申し訳ありません」

武内は殊勝に謝った。だが。

「しかしこれは、ここで使うものですので。――中を見ましたか？」

「み、見るわけがないだろう！」

理月は朱くなって声を荒げる。ここで動揺を見せるのは少しまずいと思いながらも。何せ今日は金曜日の夜だ。ここしばらくは習慣として仕事帰りに理月のマンションに集まり、食事や軽く飲んでからセックスをするというのがルーティンのようになっている。今も、理月は風呂上がりに新しい部屋着を出そうとクローゼットを開けた時だった。奥のほうに鎮座している違和感のある段ボールが目についたので、蓋を開けてみれば卑猥な道具の数々が顔を見せた。未開封のものもいくつかある。

「なんか、おしゃれな入れ物に移したほうがいいんじゃないですか。どう見てもそのクローゼットに似合わないでしょ」

軽妙な口調でマティスが提案をした。

「違う。そうじゃない」

「これは、気がつきませんで失礼致しました。すぐに改めます」

そういう問題ではない。武内は仕事の時となれば理月の意をすぐにくむ察しのいい男なのだが、こういう時はわざとかと思うくらいに、はぐらかしてくる。もしかしてわざとなのだろうか。この男の本性は、意外に意地悪なのだ。

「目につくと、気になるだろう……」

素面の時にこういうものが視界に飛び込んでくると、最中の自分の痴態がありありと思い起こされてしまう。通常時は自分を厳しく律している理月にとって、それはとても恥ずかしいことなのだ。

「なるほど、そうでしたね」

武内は頷き、その段ボールをクローゼットから出した。

「ここで使うものだからと、つい手近に置いておこうとするのは配慮が足りませんでした。以後気をつけます」

「……そうだ。わかってくれればいい……」

「でも理月さん、この中、よくご覧になりました？」

横からマティスが、段ボールの蓋を開け、中をガサガサとあさりながら言う。

「ここにあるの、まだ全部使っていないでしょう。ほら、これとか」

マティスは淫具を手に取り、理月の前に差し出して見せる。それは球状のものがいくつも繋がったようなものだった。おそらくは、中に挿れるものだ。

「っ……」

「これはですね。中に挿れて出し入れすると、このひとつひとつの玉が理月さんの入り口を広げたり閉じたりするんです。Anal pearlといいます」

マティスは普段はとても流暢な日本語を使うくせに、そこだけやけに正確なイントネーションで言う。

「説明しなくていい！」

「レクチャーはなくていいですか？　ではさっそく実地で試してみます？」

「……っ？」

いきなり何故そんなことになるのかわからなかった理月だが、どうやら彼らはすでにその気になっていたらしく、理月は背後にあるベッドに押し倒されてしまった。

「……っ、おい！」

正直に言えば、今夜もそうなる事は予想していた。理月もそこまでしらを切るつもりはない。だが、こういう展開は頭になかった。

「お、お前達っ……！」

「あれ？　この流れ間違ってました？　てっきり期待されていると思ったんですが」

後藤の言葉に、理月の頬に朱が昇った。

最初に淫具の入った箱を発見し、後藤に言いつけたことで、彼らは理月がそういう展開をお望みだと忖度したのだ。

「ち、違う、俺は、本当にっ……」

「どちらでも構いませんよ」

武内が理月の肩をベッドに押さえつけながら言う。

「誇り高く、恥ずかしがりなあなたにこういうことをするのは、とても楽しいですからね」

この期に及んで往生際の悪いことを言う理月に、彼らは強引な男達という役割を買って出ているのかもしれない。

淫乱なくせに、彼らに責任を負わせてしまっている――。そう思うと、理月の中に罪悪感のようなものが生まれてくる。自分一人だけ綺麗な仮面をしている狡さ。本当は誰よりも欲深くできているくせに。

「いいんですよ」

武内が理月のこめかみに口づける。

「あなたを大事にしたい。可愛がりたいという気持ちは、皆一緒ですから。――俺は、その中でも一番、理月さんを想っていますけれどね」

「武内課長は相変わらず大人げないですねえ」

「まあ仕方ないですよマティスさん。俺達のこじらせ方では、課長に勝てるとは思えないですし」

「でも俺だって、歴代の恋人より理月さんのこと愛しているんだけどなあ」

「それは俺も同じですよ」

口々に愛の言葉を囁く秘書達に対し、理月はたまらない気持ちになった。その想いに応えたい、という衝動に抗えず、手を伸ばして近くにいた後藤の頭を引き寄せる。

「え？」

少し驚いた顔をしている後藤に口づけた。唇を薄く開くと、すぐに熱い舌が滑り込んでくる。

ひとしきりそれを触れ合わせた後、マティスに向かって腕を伸ばした。

「……光栄ですね、理月さんからなんて」

マティスと口づけると、それはすぐに深いものに変わる。舌を捕らえられて吸われて、理月は甘い呻きを漏らした。顔が離れると、理月は武内の頬に手を伸ばす。

「理月さん、好きです――」

「んん……」

互いの唇を貪るようなキスに、身体中がじんじんと疼き始める。すでに彼らの手によって、理月はもうほとんど肌を晒していた。

「……今夜も、たっぷりと可愛がって差し上げますね」

「あ……っ」

卑猥なことを言われると、期待で背筋が震えてしまう。自分はなんていやらしい生き物なのだ。けれど、それも全部、彼らが受け止めてくれる。

「足を開いてください。――そう、いい子ですよ」

マティスの指示に従って、両脚をおずおずと開いた。その双丘の狭間に、生暖かい液体がたっぷりと垂らされる。ローションの感覚に、びくりと腰が跳ねた。

「ローション垂らしただけでそうやって反応して下さるの、すごく可愛いですよ。虐めたくなる」

濡れた指が肉環をこじ開け、ぬぐ、と中に入ってくる。

「う、うっ」

つん、とした刺激が後孔を貫き、理月はたまらずに喘いだ。マティスの長い指が中を探りながら肉洞に侵入してくる。感じることを知った内壁がたちまち快楽を得て、卑猥に蠢いた。

「よく慣らしておきましょうね。さっきのAnal pearlを挿れますから」

「んうっ……、あぁぁ……っ」

ひくひくと収縮する内壁を解される快感に息が乱れ、声が漏れる。最奥を弄られる刺激に震える理月のうなじから耳元にかけてを武内の唇と舌が這い、脇腹や乳首を後藤の指先がまさぐっている。

「あっ、あっ、あくぅうんっ……」

全身がぞくぞくして、どうしたらいいのかわからない。マティスの指はいつの間にか二本に増えていて、前後に動く度にじゅぷ、じゅぷといやらしい音が響いた。

「……そろそろいいですか？」

理月が答えられずにいると、マティスが球が連結された淫具を武内に手渡す。

「部長が可愛がってあげてくださいよ」

「いいのか？」

「なに、心にもないこと言ってるんですか」

自分がやりたいくせに、と言われて、武内は苦笑した。

「こういう時には、課長という立場が邪魔になるな。本当は大人げなく独り占めしたいといつも思っている」

「時々、独り占めしてるの知ってますよ」

苦笑する武内に、後藤がしれっと告げる。時々、二人の目を盗んで、二人きりで睦み合っていることはバレていたらしい。

「なら仕方がないな」

そう言われても武内はたいして気にもとめていないようだった。理月は気まずい思いでいっぱいだと言うのに。だが、淫具の先端が後孔に押し当てられたことで、理月の腰がびくりと震える。

「力を抜いてください」

「……あ、く、……ふ、ううっ……！」

肉洞の中に淫具が呑み込まれていった。いくつもの球体がそこを通過していく度に、肉環が閉じたり開いたりを何度も繰り返す。その異様な感覚が背中を痺れさせた。

「うあ、あっ、んっ……く、うぅぅんっ……！」

にちゃ、にちゃという音がいやらしく響く。男根を挿れられるのとは違う、得も言われぬ刺激に内壁を舐め尽くされた。

「理月さんの可愛らしい孔が、何度も開いたり閉じたりしています。とても興奮する」

「や、あ……んっ、あっ、あ……っ、みる、な……っ」

羞恥で頭が破裂しそうだった。それなのに理月の両脚は、もっと見てくれとばかりに開いてゆく。言葉と反応が真逆だった。理月の股間のものは、後ろの快感に反応して先端を濡らしながらそそり勃っている。そんな肉茎に、マティスの指がそっと絡んだ。

「あ、は、ああっ！」

「こっちも可愛いですね」

根元から先端まで軽いタッチで触れられて、背を反らして悶える。前後の快感が身体の内側でひとつに混ざり合いながら責め立ててくるのが我慢できない。そしてもうひとつの敏感な場所もまた、指先で虐められようとしていた。

後藤の指先が、尖った乳首に触れて何度もそれを弾く。強く弱く繰り返されるそれに、胸の先が甘く痺れた。

「んあっ、ああっ、ああっ」

「エロい顔、可愛いです」

三人ともに可愛いと評され、いたたまれないのに今は喘ぐことしかできない。

「こ、こんな……こんな、の……っ」

武内の操る淫具が、内壁を執拗に擦っていく。何度も何度も肉環を開かれ、閉じられて、そこからじんじんと熱が広がっていく。

「あ、熱、い……っ、ああ、あ!」

びくん、びくんと下肢が跳ねた。内奥からうねるような官能の波が込み上げてくる。

「あ、や、イくっ…!　もう、イく、ああっ」

「いいですよ。今夜もたくさんイきましょう」

淫具の動きが粘っこくなった。理月は喉を背を反らし、ぶるぶると全身を震わせる。肉茎はマティスに優しく扱き上げられ、乳首は後藤に摘ままれて揉まれる。

「ふぁ、あ、あああぁぁあ」

内部の淫具をぎゅう、と締め上げ、理月は絶頂に達した。肉茎の先端から白蜜が弾けてマティスの指を濡らす。

「ん、んん、～～～っ」

イっている間も緩やかな抽送を続けるそれが、たまらなかった。彼らの愛撫は理月が達しても終わることがない。

「あ……っ、あぁぁ」

「気持ちいいでしょう？　もっとイって構いませんよ」

「んぁ、う……っ、くぁぁ」

身体中の感じるところを嬲られ、可愛がられて、理月の意識が恍惚に染まる。いつしか腰が淫具の動きに合わせていやらしく揺らめいていた。

「これも使いましょうか。せっかく買ったんだし」

「お、乳首用のやつか」

後藤の提案に、マティスが答える声が聞こえた。何だ、と思うと、目の前に細い鎖のようなものが垂らされる。

「どうです。興奮するでしょう？」

よく見ると、鎖の両端の先端に、小さなクリップのようなものがついていた。それが何をするものなのかよく理解できないでいると、理月の乳首が、そのクリップで挟まれてしまう。

「っ、ああっ！」

鋭い刺激に嬌声が漏れた。それまで指先でくすぐるように可愛がられていた乳首に、金属がゆっくりと食い込んでくる。

「痛くないですか？」

「っ、わ、わからな……っ、ああ、うっ」

痛いような気もするが、他の場所で感じる快楽と相まってよくわからない。だがとにかく刺激が強すぎて、怖いほどだった。

「やっ、あっ、それ、やあ……っ」

「こんなこともできるんですよ」

後藤はクリップを繋ぐチェーンの真ん中に指をかけ、それをくい、と上に引っ張った。

「んんあぁあっ！」

乳首が引っ張られ、電流が走るような快感が理月を貫く。その衝撃にまた達してしまい、下半身ががくがくと揺れた。

「あっ、あっ、あっ……！」

「よかった。悦んでいただけたみたいですね」

「こちらも忘れないでください、理月さん」

後藤が施した淫具で達したのが少し不満なのか、武内は手にしたもので理月の弱い場所ばかりを探ってきた。体内からたまらない快感が込み上げる。

「んあ、あぁぁあ……っ」

繰り返し押し寄せる快楽に理性が蕩け、身も心も溺れてしまう。結局、理月はそれから何度もイかされ、最後に三人の男根を挿入されて全員の精を中に出されるまで、許してはもらえなかった。

ぐったりとベッドに横たわる理月の頭を、大きな手が撫でていく。見なくてもわかる。これは武内の手だ。

「大丈夫ですか?」

ゆるゆると目を開け、目線を上げる。武内が少し困ったような笑みを浮かべて見つめていた。

「……死ぬかと、思った」

もう駄目だと訴えても、彼らは決してやめてくれはしなかった。理月がどんなに泣き喚いても、優しく宥めるようにあやして、更なる快楽を注ぎ込んでくる。だが、理月も本気で嫌ではないのだから困ったものだ。

「たまにはこういうのもいいでしょう?」

「たまにならな……」

マティスの問いに、ため息を漏らしながら答える。身体中が気だるくて、起き上がれそうもない。

「お水どうぞ」

「ああ」

後藤が手渡してくれたペットボトルの水を、頭を起こして飲む。キャップは既に開けてあった。相変わらず細かいところに気が利く。

「もうくたくただ。寝る」

手足を投げ出すと、身体の上に薄い上掛けがかけられた。

「おやすみなさいませ」

「ん……」

やがて訪れる眠り。彼らの奉仕のおかげで、理月は夢も見ずにぐっすりと眠れ、安定をもたらすのだ。

けれどそれだけではない。三人三様の熱に貫かれて、理月は彼らの想いを感じる。ずるいのかもしれないが、誰の熱も手放したくはなかった。

(目が覚めたら、また彼らがそこにいて欲しい)

ほんの少しの後ろめたさとともに、理月の意識は深い眠りの淵に落ちていった。

「……ん……」

低く呻いて寝返りを打つ。浮上する意識の鼻腔に、香ばしい匂いが届く。そこで理月は自分が空腹を覚えていることを知った。

目を開けると、見慣れた寝室の風景が目に入る。理月は一人でベッドに横たわっていたが、部屋の外からは人の声がした。食事の支度をしている気配が伝わってくる。近づいてくる足音。

「――そろそろ、お目覚めですか？」

ドアが開き、武内が顔を出す。

「ああ」

理月は微笑んで、両腕を伸ばした。

END

ラヴァーズ文庫さん16周年おめでとうございます!

もっともっと末永く
続いていて欲しいです!
西野 花

紅茶
or
レモンタルト

目線
理月 or カメラ?

藍川理明（27）
細身スーツ 黒髪 前髪長め

武内雅久(36)
メガネ
スーツベスト同色
(色暗め)
髪型②
色は黒い
ネクタイ太め

マティス洋佑
(32)
クセモ タレ目
ベストなし
髪型案②

後藤尚士
(29)
頭髪 ベタ&濃トーン
ベストなし
髪型案
②

夜
背景 庭先

P152
シャツ着せ

秘書たちの愛情は重く激しい——
……もしもあの時
「if」うめ

三人がお父様の頼みを聞き入れずにいたら？
……
次期社長にそのような無体は働けません！
キリッ
俺、複数プレイはちょっと……
ノーマルなんで
理月さんをそんな邪な目で見るなんてとんでもない

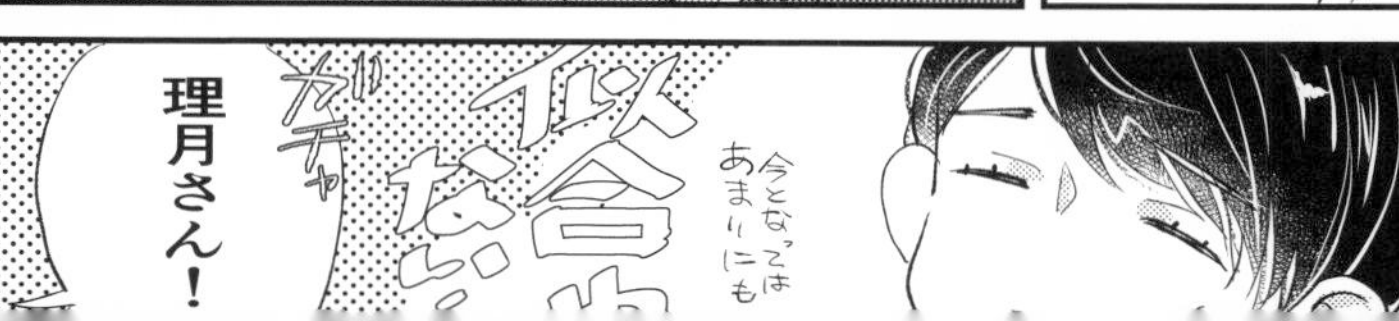
今となってはあまりにも
ガチャ
理月さん！

ふわり
武内
あまり根を詰められてはいけません
休憩にしましょう
ヒョイ
あっ
紅茶も煎れて参りました
書類は没収です
ああ
お父様に
感謝しなければ
見てください新しい「オモチャ」こんなにたくさん仕入れました！
ほほー
そうだな
今夜はどれを使いますか？
みんなも一緒に
俺はコレが…いやコッチも
今じゃなくてもいいだろう!?
だってせっかくの連休ですよ！
ラヴァーズ文庫16周年おめでとうございます！
うめ

極秘アンケート指令
バーバラ片桐
illustration 奈良千春

——本当に、アンケートしたんだ……！

調査会社から届いた文書にざっと目を通しながら、鈴森昭博は自然と自分の目が呆然と見開かれていくのを感じていた。

かつて、これに関するやり取りをしたのを覚えている。日本有数の移動通信会社の代表取締役社長である瀬川昌義と、十年ぶりに喫茶店で再会したときのことだ。

日本では三割の人間が陥没乳首で悩んでいるという調査結果が出ているが、果たしてそこまで多いか疑わしい。いずれ自分の会社で正式に調べなければならないと思っていると、瀬川に大真面目に言われて、今のようにひどく当惑したのではなかったか。

本人が陥没乳首である昭博は、自分の乳首にそこまで興味はなかった。なのに、自分の疑問を晴らすために、わざわざ大金をかけて調査したいと思っているなんて、瀬川はやっぱり陥没乳首マニアなんだと、確信した一件だ。

それからあれこれあって、今や昭博はその瀬川と恋仲になった。プライベートでは陥没乳首を過剰なほどに可愛がられつつ、仕事では社長秘書として奮闘中だ。

その業務の一環として、日々届く調査報告を確認していく作業もある。その中で、特別に目を引いたのが、その陥没乳首アンケートだった。

——ええと、陥没乳首の割合。正式な統計調査は存在していない。それゆえに当社で今回、無作為抽出した十八歳から五十九歳までの男女一万五千人にアンケートを送り、四千三百人あまりから回答を得た。回答があったうちの十二パーセントが陥没乳首に悩んでいるという答えを得て、先天性(せんてんせい)と後天性(こうてんせい)の割合は以下の通り。

やはり、本気で調べたのだ。今まで、どれだけの人数が陥没乳首で悩んでいるのか意識したことがなかっただけに、出された数字も興味深くはあったが、それ以上に気になったのは、資料に添付された陥没乳首の画像資料だった。

『ご依頼の際(さい)、陥没乳首の当事者の資料として、写真も集めるようにとの特別なご指示がありましたので、結果と一緒に画像も添付させていただきます』

そんな文言から、依頼者である瀬川があえて陥没乳首の画像を求めていたこともわかる。

四千三百人の十二パーセントといえば、五百十六人だ。全員ではないにせよ、そのうちの二百枚以上の画像が添付されているという。よくも集めたものだと思うが、画像を送ってくれる人が多かったのは、お礼に商品券やポイントを、大盤振(おおばんぶ)る舞(ま)いした結果かもしれない。

——にしても、この写真……。ここまで写真を求める必要がどこにある? 社長は陥没乳首の研究者でも、医者でもないんだ。……どうにも、プライベート感がぬぐえない。

瀬川と仲を深めるにつれて、どれだけ彼が陥没乳首好きなのかを、日々思い知っているところだ。

移動通信会社の業務として、顧客(こきゃく)にさまざまなアンケートをするのは、日常の作業だった。

通信速度や料金プラン、その他の使用具合の満足度について、チェックするのは欠かせない。

さらにはキャリアとしての特性を生かして、他の企業からのアンケートを請け負うこともあるのだが、この陥没乳首についてのアンケートは、今までのものとは種類が違う。

──何せ、どこからも依頼されていない。

昭博はごくりと唾を呑む。どうにも、問題だった。

気になって社の文書ファイルを確認したところ、このアンケートを実施するにあたっての企画書は、会議で承認されていた。それにはもっともらしい理由がつけられていたのに加えて、代表取締役社長じきじきの企画であったから、あえて反対する者はいなかったのだろう。

だが、昭博の目には、どうにもこの趣味性が気にかかる。

アンケート結果は、瀬川にわたる前に秘書である昭博のチェックを必ず一度は通る。瀬川はこの書類が昭博の目に留まると思っていなかったのだろうか。それとも、見られても問題ないと考えたのか。

──俺にとってはこれはただの『他人の陥没乳首写真』なんだけど、社長にとっては、いわゆるエロ画像なんだよな……？

そう思うと、モヤモヤしてくる。

いてもたってもいられなくて、昭博は勢いよく立ち上がった。

社外での仕事を終えた瀬川は、地下の駐車場から重役用の部屋が並ぶフロアまで、エレベーターで一気に上がった。廊下から、昭博のいる秘書室に入る。自分の部屋にたどり着くためには、そこを必ず経由する構造だ。

昭博が顔を上げ、ファイルとメモを差し出して口を開いた。

「お帰りなさい。留守中の連絡は、こちらになります。明後日の会議について、日程の変更の相談がありまして、調整の結果、明日の午後三時からに変更になりました」

連絡事項をテキパキと伝えられる。

いつもならば、昭博は瀬川と顔を合わせるときには、ふわっと笑ってくれる。そのたびに瀬川の心は柔らかなものに包まれ、仕事を頑張ろうという活力が湧き上がってくる。

だが、今日は笑顔が全くないのが気になった。いつでも秘書である昭博の表情の変化が気になるし、さりげなく気にしている瀬川なのだ。

——何だ？　私は何かしたか？

恋人が笑顔を浮かべてくれない理由を、瀬川は無表情ながらも必死で考える。

だけど、特に心当たりはない。今日は木曜日で、金曜日の夜からのお泊まりデートに備えて、業者に自宅の部屋をクリーニングしてもらっている真っ最中だ。今回は特別に調理器具や食器まで支度してもらうように頼んだ。

一人のときにはほとんど外食で自炊はしていなかったが、昭博が鍋をしたいというから、その準備も抜かりない。

ついでに、タオルやスリッパやパジャマなど、ファブリックをペアで揃えてもらうことを依頼していた。色合いは男女のものではなく、あくまでもシックに、と頼んである。

――だが、私が密かに進めている『同棲生活準備』が昭博に知られることはないはずだ。

あくまでも、手配は自宅と車の中から行っている。だが、……運転手経由で何か知られた？　私が着々と同棲の支度を調えているのが、気に障ったのか？

引っかかりを感じながらも、答えが見つからないまま、瀬川は社長室へと向かう。

だが、秘書室と社長室の間を隔てるドアを開け放ったとき、驚きに息を呑まずにはいられなかった。

「――っ……！」

異様な光景だ。いつもは整然と片付いている社長室の十畳ほどの床や壁が、ポストカード大の紙に覆いつくされている。しかも、その画像は、どれも至近距離から撮られた陥没乳首だ。

「……これ、は……」

立ちつくす。

すぐにそれが、特別なオーダーをした写真の数々だと気づいた。完全に皮膚に隠れた陥没乳首から、少しだけ顔を出したものまで、性別や年齢、形状もさまざまな陥没乳首の写真がずらりと並んでいる。それが、光沢のある用紙にプリントアウトされて、ばらまかれているのだ。

そんな瀬川の背後に、いつの間にか忍び寄っていた昭博が言った。

「今日、社長宛に陥没乳首についての調査結果が届きました。以前、陥没乳首についてわが社で調査してみたい、とおっしゃっていたのは、本気だったのですね。それに添付されていた画像を、このようにプリントアウトしてみました」

秘書室にはカラープリンターがあるから、これらをすべてプリントアウトするのは可能だ。

——だが、どうしてそんなことを。

けっこうな手間でもある。それをあえて昭博が行い、このように床や壁一面に敷き詰めた行為の裏には、並々ならぬ意図が隠されていそうな気がしてならない。

瀬川は一歩足を引いて、昭博を振り返った。いつもはたいていニコニコしていて、怒った顔を滅多に見せない。それだけに、その愛らしい顔から表情が抜け落ちているのを見てしまうと、いつにない緊張感が瀬川を襲った。口の中がカラカラになる。

昭博は瀬川と視線を合わせて、ゆっくりと口を開いた。

「社長は以前、十年前に見ただけの俺の乳首を当てられましたよね。ここにある二百枚の写真の中に、俺のも混ぜてあります。その一枚が当てられたら、俺に無断でこのような画像を集めたことも、許します」

——許すって、何だ……。

じわりと冷たい汗が、瀬川の脇下を流れた。

瀬川は大企業の代表取締役社長であり、その地位や立場もあって、相手から脅かされることはまずない。だが、自分の部下であるはずの昭博からの静かな脅迫が、胸に迫る。

そこまで自分は、許されないことをしたのだろうか。だが、昭博の表情は厳しく、ここで下手なことを口走るのは得策ではないと思わせるところがあった。

さらに、切り札の言葉を突きつけられた。

「俺のがわからなかったら、別れますから」

――なんだと……！

それだけはできない。どうしてそんな理不尽なことを言い出すのかと反論したかったが、それよりも先に、昭博は肩を使って渾身の力で瀬川の身体を社長室の中に強引に押し込み、そのままドアを閉じてしまった。

大量の陥没乳首写真がまき散らされた中に取り残されて、瀬川は呆然と室内を見下ろした。

それでも力ずくでドアを開かなかったのは、密かに自信があったからだ。

この中に、昭博の写真が混じっているというのなら、見事的中させてみせる。自分ならそれが可能なはずだ。十年前に昭博の陥没乳首の形をしっかりと網膜に灼きつけ、偶然、配信で見かけた主を当てた実績があった。

しかも今では週末ごとに、昭博の乳首の形を直接目に灼きつけ、さらには舐めたり吸ったりまでして、とことん味わっている。

そんな自分であるからこそ、このたくさんの画像の中から、昭博の陥没乳首を見つけ出すのは容易なことのように思えた。迷いなく、最短時間でそれを成し遂げたら、昭博は瀬川の愛の深さに感動して、ぎゅっと抱きついてくれるのではないか。

とりあえず瀬川は、目についたところから次々と画像を検分しはじめた。だが、ざっと全体を見終わったとき、焦りに息が浅くなるのを感じた。

――ない……？　そんなはずは……。

だが、あらためて最後まで見ても、ピンとくる陥没乳首の画像はなかった。見落としたのかと、今度はスタート時点から画像を回収しつつ、じっくりと眺めていく。

それでも見つからなかったので、かき集めた画像を社長用の執務机に乗せ、さらに吟味しはじめた。

落ち着け、と自分に言い聞かせながら、画像を三つのグループに分けることにした。一つは絶対に違うもの。二つ目は焦点がうまく合わなかったりして、ぼんやりとしか写っていないものだったり、陥没乳首の一部しか写っていないもの。これは不確定だから、検討の余地がある。そして、三つ目は、昭博の陥没乳首とかなり似た形状の乳首だ。

――それでも、……どれも違う気がするのだが。

仕事もそっちのけだが、昭博と別れるかどうかの瀬戸際だ。そんなことになったら瀬川の人生は暗黒に塗りつぶされ、仕事どころではなくなる。それを防ぐために今の瀬川にとって最も優先されるべきなのは、このたくさんの画像の中から可愛い恋人のものを見つける作業だ。

その見極めるための作業が終わりに近づいたとき、秘書室との間を隔てるドアが静かに開いた。

姿を現したのは、やはり先ほどと同じように張り詰めた空気をまとった昭博だ。その姿を目にしただけで、喉が渇くほど緊張する。

瀬川は彼が執務机に近づいてくるのを、ただ見守っていた。

机を隔てて向かいに立った昭博が、瀬川の手元を見つめながら言った。

「俺の画像、見つかりましたか」

瀬川の手元には、五枚の画像が残されている。昭博の乳首とよく似た四枚と、あと一枚はぼやっとしすぎて、肌色の濃淡しかわからない画像だった。四枚はよく似てはいたものの、それでも瀬川の勘は『違う』と伝えてきた。これは昭博の乳首ではない。ぼやっとした一枚も含めて、魂に訴えかけてくる何かが足りない。

――だが、昭博は自分のものを一枚混ぜたと言っていた……。

その言葉は嘘だったのだろうか。

答えを口にするには勇気が必要だった。だが、どの画像も違うはずだ。

その確信とともに、瀬川は言葉を押し出した。

「見つからなかった。君の画像は、ここにはない。そうだね」

昭博から目が離せない。

かすかに語尾が震えていた。自分が間違っていたら、昭博はどんな反応を見せるのだろう。さらに瀬川自身も恋人の乳首を見極められなかったことで、自分の愛に疑いを抱いてしまうかもしれない。そんなことを考えると、正解なのかどうか、怖くて仕方がない。

昭博は瞬きをした。それから、小さくうなずいてくれたので、瀬川は心の底からホッとした。

昭博の表情は先ほどよりも柔らかくなっていたが、このたくさんの乳首画像に自分のものが混じっていないことを見抜いた瀬川に、少し呆れているようにも見えた。

昭博は軽くテーブルに手をついた。瀬川を見下ろしながら、詰問してくる。

「なんで、……こんなことをしたんです？」

糾弾されるとは思っていなかっただけに、瀬川の心臓はぎゅうっと痛む。

アンケートを頼むときに、ちょっとした好奇心で画像も添付してもらうように頼んだ。なぜなら、昭博の陥没乳首がどうしようもなく自分の心を惹きつけてやまないので、他の陥没乳首でもそうなのかと、確かめてみたかったのだ。

だが、自分がそのような迂闊な依頼をしたことで、昭博がひどく傷ついたのだと伝わってくる。

「君はこれを見て、どう思った？」

「悲しかったです。あなたが、……俺の乳首だけでは満足されないのかと思って」

瞬きをするたびに、昭博の目にじわりと涙が浮かび上がるのが見てとれる。抱きしめずにはいられなくなって、瀬川は席を立った。執務机を回りこみ、昭博の身体を正面から引き寄せる。ぎゅっと腕に力をこめた瞬間、一瞬だけ抵抗するように身を強張らせたが、それでもかまわずに腕に力をこめると、だんだんと力が抜けていく。

そんな昭博の肩に顔を埋め、瀬川は思いをこめてささやいた。

「君の乳首で、いつでも十分に満足している。……いや、……正直なところを言えば、満足ってことはないかもしれない。とことんまで味わっても、少し間が開くとまた欲しくなる」

さらに愛しい恋人に、思いを伝えたくなった。

「そんな君の乳首にどうしてここまで恋い焦がれるのか、不思議でたまらなかった。だから、ここまで私が好きになるのはどうしてなのか知りたくて、他の乳首と比べてみたくなった。……だけど、集まったものを見て、ようやくわかった。私が好きなのは、君の可愛い陥没ちゃんだけだ。君の身体についているからこそ、たまらなくそそる、愛らしい……」

「どうしてそんな、……試すようなことを」

抱き寄せた昭博から漏れる声になじられて、瀬川は泣きたくなる。だけど、昭博の声が少し湿っているように感じられるからこそ、正直に応じたくなった。

「君が好きで、……好きすぎて、……少し不安になったんだ。だけど、……こんなことはするべきではなかった。今後は、他には目もくれず、君のものだけに一筋になると誓う」

「でしたら、これらの画像は一切必要ない、と？」

「ああ」

即答はしたが、かすかに心が揺れる。何度も眺めはしたが、『昭博のものと同一ではない』という観点だけで眺めて、しっかり見てはいなかった。

多数集まった陥没乳首をじっくり眺めてみたいというためらいが、密着していた昭博には感じ取れたのかもしれない。

顔を上げ、まっすぐに目を見て尋ねられた。

「処分してかまわないですね？」

その言葉に、瀬川は反論できない。ここで何か言ったらダメだと、本能でわかっていた。

「かまわない。だけど、……今、ここで十分だけ、君のを吸わせてもらえるか？」

「えっ」

「そうしたら、一切の未練はなくなる」

「仕方ないですね。十分だけですよ」

柔らかく微笑んでくれる昭博を、瀬川は壁際に追い詰めた。感じすぎると、彼は立っていられなくなるからだ。

瀬川が一番感動するのは、昭博の胸にある一本線のくぼみから、ピュアな桜色(さくらいろ)をした乳頭が、刺激に応じて少しずつ姿を見せるところらしい。

理想としては、隠された突起(とっき)に触れることなく、反対側の乳首を刺激することによって、もう片方の乳首が尖(とが)って外界に現れる。その光景が感動的らしい。

昭博にはよくわからない。だけど、瀬川はずっとそれにハマっている。今日も片方の乳首ばかりをちゅくちゅくと吸い、ひたすら責め立ててくる。

最初は皮膚に守られているから、瀬川からの刺激は間接的だ。だけど、そのくぼみに生温(なまあたた)かい唾液(だえき)を流しこまれ、それを吸っては戻すことを繰り返されると、その唾液によって刺激されたくぼみから、次第にぞわぞわとした快感(かいかん)が全身に広がっていく。

そうなったころには、くぼみの中で乳頭がこりっとするほど尖っているのだ。

そこが尖ってしまったら、もうダメだ。皮膚越しに逃げ回る乳頭を唇(くちびる)や甘噛(あまが)みによってつかまえられては、圧迫される。皮膚越しに突起をこりこりされたり、くぼみの中を生温かい唾液で満たされるたびに、昭博はぶるっと身震いせずにはいられない。

それに、胸元に埋めている瀬川の顔を強く意識した。

顔は見えないのだが、そのハンサムな顔が自分の胸元に押し当てられ、高い鼻梁(びりょう)が肌に触れる感触とか、唇や舌が触れる感触。

はたまた、うつむくたびに瀬川の髪が触れるくすぐったさや、壁に押さえつける腕や身体の逞しさ。刺激されている乳首だけではなく、そんな全身から伝わってくる刺激も、昭博を昂らせる。

皮膚の下で神経の塊のようになった乳首を皮膚越しに軽く噛まれるだけで、言葉にならない気持ちよさにびくんと身体がのけぞって、口から息が漏れてしまう。必死になって声をこらえようとしているのに、この調子では最後まで我慢できそうにない。

——最後……?

ハッとして、昭博は執務机の上のデジタル時計に視線を向けた。今回、舐めるのを許したのは、たった十分間だけだ。瀬川が昭博を壁際に追い詰め、スーツの上着のボタンを外して、ワイシャツのボタンを外し、アンダーシャツをめくり上げたとき、ちょうど四時半だったのを覚えている。

わかりやすい時間から始まったのだが、まだ五分も経過してはいない。

そのとき、瀬川が昭博の胸元から顔を上げた。彼の視線が向いているところに、自然と昭博の目も向く。

少し前までくぼみに過ぎなかったところから、ぷっくりと硬くなった桜色の乳頭がほんの少しだけ姿を現したところだった。それを満足そうに瀬川が眺めているのを見ると、身体の芯がじわじわと熱くなる。

尖って外に現れてしまったことで、皮膚という仲介物なしに舌と乳頭が触れ合うことになる。吐息すら感じ取りそうなほど、そこは敏感だ。

瀬川が顔を近づけ、皮膚から少しだけ顔を出した突起を舐めた。最初はやけにくすぐったい。そのくすぐったさの中からじわじわと甘い感触がこみあげてきたときに、唾液をからめてじゅっと吸い上げられて、昭博の身体は大きくのけぞった。

「っぁ……！」

強い刺激が与えられたのは、その一回だけだ。吸い上げたのを詫びるように、しばらくはひたすら柔らかく舐めまわされる。瀬川の口腔内の温度はさして高くないはずなのに、敏感になりすぎた乳頭には火傷しそうなほど熱く感じられた。

瀬川の呼吸に合わせて、その舌が乳首を転がす。密着した瀬川の身体の熱さや呼吸の乱れが、スーツ越しに伝わってくる。

——ダメだ。

たった十分といえども、この濃厚さはやり過ごせない。

瀬川の舌が尖った乳首を転がすたびに、腰の奥でジンジンと快楽が響く。

舐められたところから広がる快感と、それに呼応して身体の奥底からこみあげてくる快感の両方に翻弄されて、息ができなくなる。

尖りきった突起に軽くキスを繰り返されると、重く疼くような痺れが腰にわだかまり、スラックスの下でだんだんと性器が硬くなっていくのがわかった。

これ以上されると身体が落ち着かなくなって危険なはずなのに、繊細に乳首を舐めまわす舌の動きがあまりにも気持ちよくて、逃れられなくなる。初めて瀬川に乳首を舐められたときから、ずっとその感覚に囚われたままだ。

その小さな乳頭が快感ではちきれそうになったところをまた強く吸い上げられ、頭の中で爆発が起きたときに、軽く歯を立てられた。

「っぁ、あ、あ……っあ……っ！」

目がくらむような快感に呑みこまれて、がくがくっと上体が跳ねる。平衡感覚を失った身体を、瀬川が抱きかかえて支えた。

息を整えながら、昭博は潤んだ目で瀬川を見た。瀬川が目を合わせて微笑んでから、視線を胸元に落としたのがわかった。

それも、ずっと舐めていた右の乳首ではなく、反対側の乳首に。

「やぁ、……こんにちは」

さすがに乳首と会話するのはやめてほしいと、昭博は思うのだ。

END

ラブコレ、16周年おめでとうございます☆☆

担当さまにひっぱられて、ここまでやってきたような気がします。どうかこれからも長く続いていけますように♪

バーバラ片桐

LOVE

禁断の凹果実
ラフ画特集
CHIHARU NARA Presents

glass
周囲
ぼかしに色収差入れるかも
口
日中のオフィス

LCカバー③
朝顔はふふより。
瀬川
プランター（朝顔・新芽）
アキ
アサガオ
アサガオ種・じょうろ

PIN-UP

本棚

まど(夕方(16:33くらい))

手にぎりつつ

社長室です。

4エア

植物

ファイル

白
(カラーはピンク系)
昭博。
素朴系わんこ。

黒
瀬川

乳首アップ入れる
ふわふわ拘束
←コメ
←コメ
←コメ
←コメ
コメ
パイプイスに座る店長
パイプイス
Gとスニーカー
←コメ

落ちた！

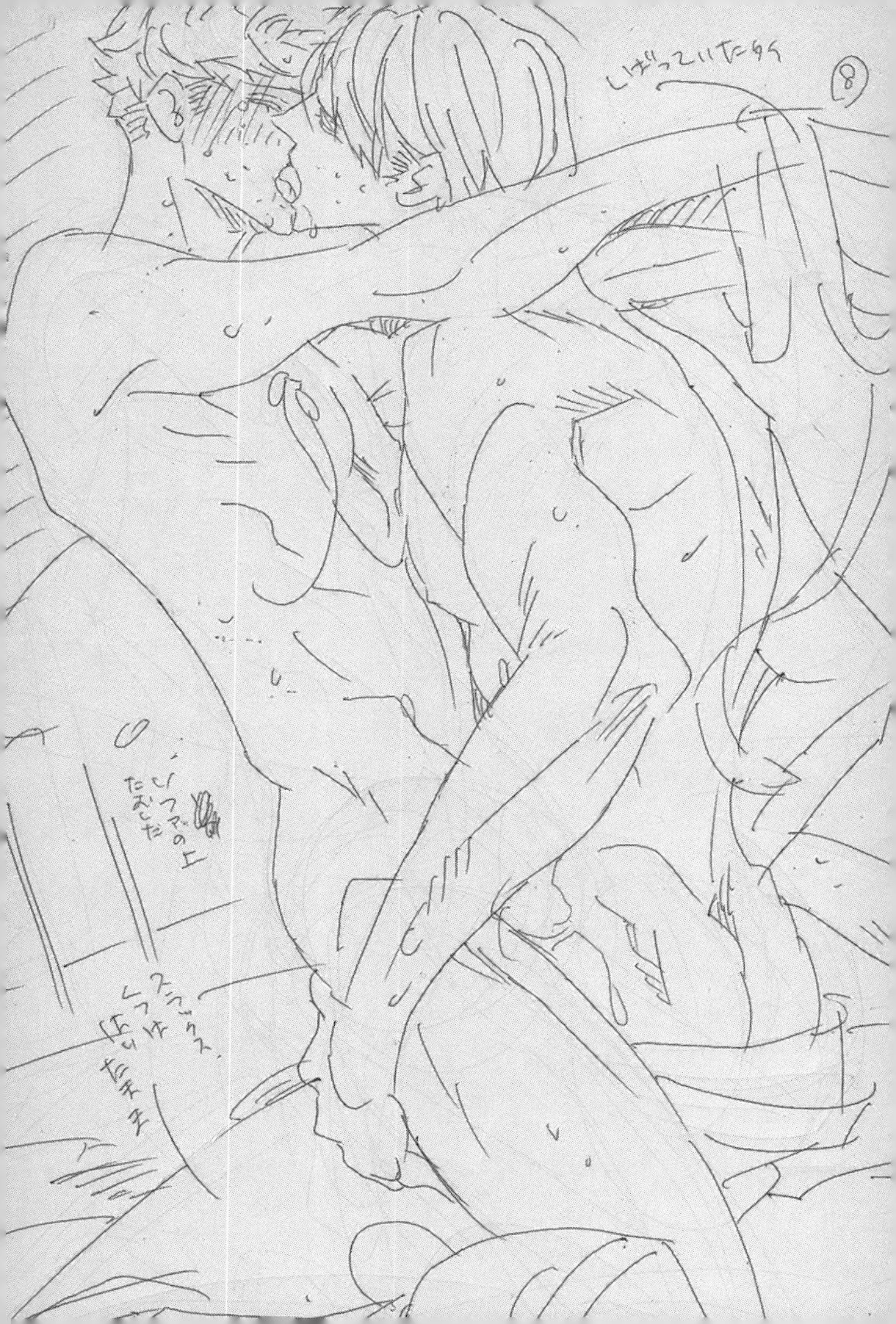
8
ソファの上
たおした

いつもやられてばかりなので
やり返してみた結果ー
チュウ
やっふぁり乳首…らめれすか？
うーんいい
ちゅこ
ちゅこ
ちゅこ♡
じゃあこっちも緒ならきもちーでしょ…？
くら
くら
ズキュ♥
ぐっ…!?
昌義さん
君、それわざと？
ふぁい？
ハァ…
こんな時だけ名前で呼んでくれるなんて意地悪だ
は
俺みたいに乳首だけじゃ感じてくれないんだけど……
チュ
チュウ
××と名前呼びコンボに弱いことを発見っ☆
責めの喜びを知ってしまったアッキー
だがしかし!?
ぷっくら
こしこし
あ～っかわいいな～も～
社長俺の手でイっちゃって下さいっ
ああ…!!
すっすずもりくん
もっとゆっくりっっ

こ…コンニチ…ワ…？
わな
わな
え…
まだ触れてない
一度も…
あれ、出ちゃってます？
うわ恥ずかしいっ
社長のエロいイキ顔で勃起しちゃったのかなァ？
プル
プル
プル
俺ってば単純な脳ミソですみませんっっ
…社長？
プル
↓昭博再会前のオモチャ!?↓
たぱっ
たぱっ
私のかわいい陥没ちゃん…っっ
まだイクオラしていないよ？
たぱぁ～
泣くほど？
社長いぢりはしばらくやめたげよ…
そう思った大人なアッキーなのであった。
END
ラヴァーズさん
17年目も突っ走ってください♥
まじめに変態な社長ラブ♥2020・奈良千春

蜜林檎の純真
犬飼のの
illustration 國沢 智

「調香師の仕事もあるのだし、人手には困らないのだから、そう何もかも自分でやらなくてもよいのだぞ」と、夫に等しい番のルイ・エミリアン・ド・スーラから折に触れて言われている香具山紲は、しかし今日も家事に勤しんでいた。

大きな洗濯籠を両手で抱え、裏庭に続く廊下を進む。

朝から見事に晴れていて、横浜の高台にある屋敷には初秋の風が抜けていた。

人間としても悪魔としても貴族のルイには、洗濯物を自分で干したい紲の気持ちが理解できないようだが、庶民育ちの紲にとって、身の回りのことを自分でするのは当たり前だ。

それに、大切な家族のために尽くし、喜んでもらえるのが嬉しかった。

手の込んだ料理を「美味しい」と言ってたくさん食べてもらえたり、自作したリネンウォーターでほんのり香りづけした衣類や寝具を、「いい匂い」と言ってもらえたり、日常の小さなことに幸せを感じられる。

丹精込めて育てた薔薇が咲く庭で洗濯物を干すべく、「フンフンフフーン」と、気分次第で変わる鼻歌を歌いながら裏口に向かった紲は、突然ボカンッと何かに躓いた。

「うわ！」

発泡スチロールの箱だ――と感触と音で察し、こんな所に荷物を放置したのは誰だ！　とも思ったが、それより何より、紲の神経は洗濯物を守ることに注がれる。

「うあっ……っ！」

汚してなるものかと身を翻した瞬間、足を滑らせた。

そこから無理に立て直そうとした結果、ドア枠に頭をぶつけてしまう。

ゴンッ！　と漫画のような音が響いた。

目の前が真っ暗になり、星が瞬く。

こういう時って、本当に星が見えるものなんだ――と感心すると同時に、一気に痛みが駆け抜けた。視界が水に落としたインクのようにゆらりと歪み、マーブル模様に吸い込まれる。

ああ、まずい、転ぶ、洗濯物を……と思っても、手足に力が入らなかった。

＊＊＊＊＊

裏庭に続くドアの前に倒れていた紲を発見したのは、一人息子の馨だった。

朝市でジビエを買ってきて裏口に置くようにと、使いの者に指示したのも馨だ。

何が起きたのかは一目瞭然だったが、後悔しても遅い。

紲は眠ったままいくら声をかけても反応せず、吸血鬼のルイが目覚める日没になっても起きなかった。

「……ん、ぅ」

「あ、父さん、紲が目ぇ覚ました！」

状況が変化したのは、ルイが紬のベッドの横に立った直後だった。

わざわざ言わなくてもわかることだが、馨はルイの腕を掴んで揺さぶり、「起きたっ、紬が起きた！」と興奮せずにはいられない。

何しろ紬は、通称オッドアイと呼ばれる強い半異体悪魔で、男でありながら馨を宿したほど特殊な悪魔だ。通常なら、転んで頭を打ったくらいで何時間も寝込むなど考えられない。

「――何……これ、なんだか凄く、いい匂いが……」

さすが天才調香師と言うべきか、紬が意識を取り戻したきっかけはルイの香りだった。

馨も吸血鬼の血を引く魔王として、薔薇が主体の香りを放っているが、紬にとって最も魅力的なのはルイの香りに他ならない。

「紬さん、ごめん！　俺があんなとこに荷物を置かせたせいだよなっ」

「紬、大丈夫か？　余程打ち所が悪かったのだろうか」

馨とルイに続いて、馨のパートナーの理玖も「御気分は如何ですか？　何か飲みたい物とかありますか？」と、身を乗りだして声をかけた。

紬の性格からして、こんな時は多少無理をしてでも「大丈夫、なんでもないから」と笑って皆を安心させそうなものだが、今日は違った。紬は上体を起こすとルイの顔をじいっと見て、頬を赤らめながら「あの、どなたですか？」と問いかける。

「紬？　それはどういう冗談だ？」

「……え？　俺の名前、知ってるんですか？　あの、貴方がたはいったい……ここは？」

戸惑う紲の表情は、馨が知っている『男だが母親の紲』でもなければ『ルイの番の紲』でもなく、大学生の理玖よりも頼りない少年のようだった。

そもそも見た目は二十歳くらいのままなので、表情次第で十代に見えてもおかしくはない。おかしくはないのだけれど、やはりどう考えてもおかしくて、「紲、俺が誰かわかる？」と、馨は紲の息子として訊かずにはいられなかった。

「いえ、すみません……たぶん初めてお会いしたと思いますが、あの……何か凄くいい香りの香水とか着けてますか？　ホワイトフローラルブーケのような控えめな香りと、蜜林檎の甘さ、あとは……茉莉花の芳香と、朝摘みの白薔薇の香りがします」

息子の馨に対して、他人行儀でありながらも目をきらきらと輝かせながら言った紲は、次にルイの顔を見つめる。先程と同じく、やはり頬を赤くして恥じらう様子を見せた。

「よ、世の中には……こんなに綺麗な男性が、いるんですね……それに、とても素晴らしい、この世のものとは思えない薔薇の香りがします。ローズ・ドゥ・メと、官能的なムスクに近い芳香……血の色をしているのに、氷のように冷たい……楽園に咲く、誘惑の薔薇」

紲はルイに鼻先を向け、すうっと香気を吸って陶然とする。

見る見る薔薇色に染まる肌は、恋する人のそれだった。

今この瞬間、紲はルイの姿と香りに堕ちたのだ。

「紲……私のことが、わからないのか？　馨のことも、理玖のことも？」

「すみません、俺……どうしてこちらに御厄介になってるのか、何も思いだせなくて……あ、俺は香具山紲と言います。小さな香水会社に勤めていて、調香師をしています」

「――小さな、香水会社？　紲、自分の年齢は憶えているか？」

「はい、二十二歳です」

あり得ない数字に顔を強張らせるルイの隣で、馨は無意識に理玖の手を握る。

自分を産んでくれた母親に、「たぶん初めてお会いしたと思います」と言われたショックがボディーブローのようにあとからきいてきて、かくんと膝から折れそうだった。

「馨ちゃん、大丈夫？　紲さん、頭を打って記憶喪失に……なっちゃったのかな？」

理玖に「俺は大丈夫だけど」と返した馨は、自分よりもむしろルイの心配をしていた。

身分違いの紲を愛し過ぎて冷静な判断ができず、六十五年もの時を無駄にしたルイにとって、紲に忘れられることは耐え難いはずだ。

「あの、両親や兄が心配してると思うので帰りたいんですが、ここはどこなんでしょうか？」

ルイの問いに対する紲の答えに、部屋の空気が凍りつく。

紲は人間の限界寿命に到達していて、人間だった両親や兄は疾うの昔に死んでいる。

それも紲が二次性徴を迎えて間もない頃に淫魔のフェロモンに狂わされ、肉親同士で血腥い争いを繰り広げて滅んだのだ。

「馨、理玖、すまないが席を外してくれ」

「父さん、どうする気なんだ？　紲、なんか混乱してるみたいだけど」

「皆で取り囲むと余計に混乱させてしまうだろう。私が相手をするから外してくれ」

今のところルイは冷静で、一家の長としての威厳に満ちていた。

よき夫、よき父としての慈愛も兼ね備えた微笑を浮かべ、「紲、私と少し話をしよう」と、この上なく優しげな声で紲に話しかけている。

「父さん、じゃあ……あとは任せるけど、何かあったらいつでも呼んで。下にいるから」

馨は理玖の手を握ったまま、ルイと紲を残して踵を返した。

何が起きているのかわからず、そしてこれがいつまで続くかわからず不安だったが、ルイを見る紲の目は恋する人の目で、どう転んでもさほど悪いことにはならない気がした。

****

自分は二十二歳の普通の人間で、小さな香水会社に勤務していると思い込んでいる紲の隣で、ルイは椅子に腰かけながら絵のモデルになる。

二人切りになった途端に、「もしよかったら貴方の絵を描かせていただけませんか？」と、酷く緊張した面持ちで頼まれたからだ。

馨には可哀相なことになってしまったが、頭を打ったショックで普通の人間としての人生に脳がシフトチェンジしたらしい紲の症状を、ルイはなんとなく理解できた。

もちろん、そちらの人生を紲が望んでいたということではない。それは決してないのだが、百数十年の人生の中で、忘れられない悲しい事件が紲にはあったのだ。

自分が淫魔として覚醒しなければ、両親や兄が紲のフェロモンに狂い、紲を凌辱するために殺し合うような事態にはならなかった。

今がどんなに幸せでも、ふとした時に思いだし、「もしも俺が普通の人間だったら……」と考えることはあっただろう。

「すみません、急にモデルになってくれなんて言って。しかもこんな上等なスケッチブックと鉛筆までいただいてしまって」

ルイは紲がストックしていた新品のスケッチブックを渡しただけだったが、紲は他人行儀に礼を言う。大事を取ってベッドに入ったままだったが、手は休みなく動かし続け、ルイの姿を描き写していた。

「私の恋人も紲という名だが、君のように私の絵を描きたがったものだ」

「そうなんですか？　ルイさんの恋人なら、きっと素敵な方なんでしょうね」

紲はそう言って、切なげに目を伏せる。

出会ったばかりの頃を思い返しながら、ルイは過去の紲と今の紲を重ね合わせた。

「私の恋人の若かりし頃は、君と違って粗野だった。出会った頃は警戒心が強く、私のことを『アンタ』などと呼んだのだ。あまりに無礼で驚いたが、とても面白いとも思った」

「そ、そうなんですか……ルイさんのような高貴な方を、『アンタ』だなんて……恋人の方、なんと言うか、意外と豪気な方なんですね」

「姿形は君にそっくりだが、君のように幸せに育っていないのだ。周囲の人間が皆、いつ敵に回るかわからない状況で、常に気を張って生きなければならなかった。本来なら君のように、穏やかで物腰の柔らかい青年に育っていたのだろうな」

ルイが微笑みかけると、紺は唇を引き結んではにかむ。

褒められて照れているのかと思ったらそうではないようで、「俺は両親や兄に甘やかされて、苦労知らずで世間も知らず、なんだか恥ずかしいです」と、照れながら答えた。

紺の脳内に潜んでいたらしい、『誰にも迷惑をかけない普通の人間』の自分は、肉親の情に守られて辛苦を知らず、平々凡々と生きていたという設定なのだろう。

「苦労を知らないことは恥じることではない。君が幸せに生きてきたのなら、それは喜ぶべきことだ。二十二歳なら世間知らずでもやむを得ず、自覚があるならすぐに学んでいける。君は君自身を素直に肯定してよいのだ」

「――っ、ありがとうございます」

嬉しくて仕方ないとばかりに顔を綻ばせる紺に、ルイの胸は大きく弾む。

紲が自分に恋をしているのを感じると、運命の強さを実感できた。

生まれ育ちが違っても、紲は同じ香りに惹きつけられるのだ。

自分もまた、紲が自由な意思を持つ紲である限り、何度でも好きになる。

苦楽を共にし、一緒に生きてきた記憶を持つ紲が何よりも大切だけれど、親兄弟に囲まれて幸せに育った紲を否定することなどできなかった。

「あの……ルイさんの恋人の紲さんは、今どちらに？」

「──それが、どうやら雲隠れしてしまったようだ。おそらくすぐに戻ってくるとは思うが、急に独り身になって実に淋しい。もしよかったら私と一緒にいてくれないか？」

「え？　お、俺がですか？」

「ああ、君が嫌がることは決してしない。無理に引き留めたりもしないが、このままどこにも行かないでほしいと思っている。私のことは、恋の奴隷だと思ってくれて構わない」

「こ、恋……!?」

「今この瞬間は、君に恋をしている」

ベッドに近づいたルイの言葉に紲は驚き、「滅相もないっ」と裏返った声を出す。

本気で恐縮し、「そんな、まさか……っ、ルイさんみたいに、とんでもなく綺麗で、そんな素晴らしい香りを纏ってる人が、俺なんかっ」と耳まで真っ赤にした。

そうかと思うと鼻をひくつかせ、「あ、薔薇の香りが……」と、呟くなり瞳を濡らす。

「私が放つ香気が高まったか？　欲情すると、どうしても高まってしまうのだ。自分ではよくわからないのだが、恋情と春情が重なり合う時、私の薔薇は強く香る」

「……恋情と、春情？　あ、あの……春情って、つまりその、ええっと……そういうことの、ことですよね？　でも……その、俺、そういう経験が……」

なくて――と、続けられた一言は掠れて、殆ど声になっていなかった。

ルイの香りに骨抜きになりながらも、「俺みたいな凡人なんて」と謙遜し、「恋人の紲さんがいるのに……」と倫理観に囚われる紲のシャツの釦を、ルイはおもむろに外していく。

「あ、あの……」

「誰でもいつかは経験するものだ。初めての相手が私では不足か？」

淫魔の業に苦しんできた紲の中に眠る、穢されていない自分への憧れ――それはおそらく、永遠に無垢でありたいという処女願望ではなく、肉親以外の誰かと愛し合い、合意の上で情を交わしたかったという、至極真っ当な望みなのだとルイは思った。

「――不足なんて、あるわけ……ないです」

消え入りそうな声で、紲は言う。

のぼせるのではないかと心配になるくらい顔が赤い。

首筋は火照り、ルイの手が触れると「ひんやりして気持ちがいいです」と素直に言った。

「……ん、ぅ」

ルイが口づけると、紲は唇を閉じたまま体を固くする。

接吻すら経験したことがない処女らしい反応だったが、ルイの鼻腔を擽る蜜林檎の蠱惑的な香りは、明らかに高まっていた。

紲の淫毒はルイには効かないものの、求められていることを香りによって実感すれば、男の自信と本能に火が点る。そういう意味では、いつだって紲の淫毒に侵されてきた。

「は……ん、ぅ……」

「──ッ、ン」

恋人がいる人と、こんなことをしてはいけない──そういった倫理観のせいか、初めてだと思い込んでいるからか、紲は雄を誘う淫毒を漏らしながらもわずかな抵抗を見せる。

迫るルイの胸を指先で押し退けたり、顔を逸らそうとしたり、どれもまったく抵抗になっていないほど力ないものだったが、キスの合間に「いけない、こんなこと」と訴えていた。

「いけないことなどしていない。お前は妙なる香りで私を誘っているではないか」

「……この、纏わりつくような蜜林檎の香り……これが、俺の?」

「そうだ、欲情したお前の香りだ」

「──あ、ぅ」

紲のシャツの釦をすべて外したルイは、脚衣に手を忍ばせる。

性器はすでに湿り気を帯び、下着から顔を覗かせていた。

あえてそこには触れずに腰側から手を滑り込ませ、筋肉に支えられた膨らみを愛でる。手指が喜ぶほどきめ細かな肌は、普段は絹のようにつるりと逃げ、乱れた時は自ら吸いつくようにしっとりと濡れる。

「あ……ぅ、や、そんな……とこ……」

他人に触れられたことがないと思っている今の紲は、双丘を割り広げられただけでも怯み、羞恥に身を震わせた。

ルイの指があわいに到達すると、びくんっと背中を丸める。

ヒトの後孔が、蜜濡れて指を難なく咥え込む不自然さに気づくか否か、ルイは今の紲の心を傷つけないよう、反応を見ながら指を忍ばせた。

「あ、ぁ……ぅ、ぁ……ッ」

精液を効率よく得るための淫魔の体は、初心な紲を裏切って濡れていく。

ルイの指を迎え入れるなり、中の肉が奥に向かって蠕動した。

異物を招く力が働くと同時に、淫毒の香りが高まる。

「や、ぁ……俺の、体、なんだか……おかし……ぃ」

「紲、何も心配しなくていい。これは正常な反応だ」

ヒトとしてはおかしくとも、淫魔としては正常な反応——女を相手にすれば男性器の先から潤滑のための蜜が零れ、男を相手にすれば後孔がねっとりと濡れる。

お前は淫魔で、お前の体はそういうふうに出来ているのだと、今の紺にとって過酷な真実を告げる代わりに何を言うべきか、ルイには重々わかっていた。

「紺……惚れた男を前にすると、男の体も濡れるのだ」

「――っ、え……あ……！」

まさか、そんな馬鹿なことがあるはずがない……と言いたげな顔をしながらも、紺は奥まるルイの指に翻弄される。否定の言葉も口にできず、嬌声をこらえようとして歯を食い縛ったり、指の動きに合わせて大きく喘いでしまったり、制御できない快楽に戸惑っていた。

「……お、俺の……匂い、が……林檎の……っ」

「高まり過ぎているのが気になるのか？　それも心配することはない。恋をすれば誰しもこうなるものだ。異性を引き寄せるためのフェロモンと同じで、同性に対して高まることもある。現に私の薔薇の香りも……お前に触れれば触れるほど高まっているだろう？」

「――っ、はい……とても……」

「私達は、お互いを強く求めているのだ。紺……私はお前と一つになりたい。お前の初めての男になって、この体を私の愛で満たしたい」

何者にも穢されることなく、傷つけられることなく、純粋無垢で警戒心も薄い紺と出会えていたら、どんなによかっただろう。過去が変わることによって『今』という未来が変わるのは望まないが、それでもルイは、紺の初めての男でありたかったと改めて思う。

怖がらないように、嫌がらないように……この行為は尊厳を奪うためのものではなく、愛の尊さを感じ合うためのものであることを、過去の紲に教えたかった。

「紲……力を抜いて、私を信じて……身を任せてくれ」

「――は……は、ぃ」

芯を抜かれたかのように崩れる紲を、ルイはゆっくりと押し倒す。

紲の視線を受けながら服を脱ぎ、向かい合ったまま膝裏を掬い上げた。

シーツに染みるほどの蜜を溢れさせる小さな肉孔に、昂る雄を突き立てる。

「く、ぁ……ぁ、ぁ……！」

「――ッ、ン」

満月が遠い今は、隔てなく繋がることができた。

熱く柔らかな肉の坩堝に、硬く張り詰めた欲望を埋めていく。

紲を抱き慣れた体と、ルイに抱かれ慣れた体が、いつもと同じように、しかし、いつもより時間をかけて一つになった。

ルイは奥を突き、肉圧に引き留められながらも腰を引いて……そしてまた丁寧に突く。

紲はシーツを握り締め、「ん、ぁぁ……ん」と甘美な悲鳴を上げた。

不慣れな仕草と、普段よりも初々しい声。それに相反する貪欲な媚肉――それはルイの雄を締めつけて放さず、精を搾り取ろうとして執拗なまでに絡みつく。

「あ、ぁ……ん、ぁ……！」

「紲……手は、私の背中へ……私を愛しているなら、抱き締めてくれ」

ルイは紲に乞いながら、突いては引き、突いては引き、最奥を求めてさらに身を沈めた。

愛しい紲と共に絶頂に向けて駆け上がる悦びの中で、望んだ抱擁を手に入れる。

温もる両手で、ぎゅっと抱き締められた。縋られ、強く引き寄せられる。

淫魔の本能とは別の……紲自身の心で求められて初めて、ルイは快楽に溺れた。

熱い血潮の如く体中を駆け巡るのは、紲の肉体を抱く悦びと、紲に愛される幸福感だ。

「――ッ、ゥ……紲……っ」

「あぁ……く、あぁ……ルイ……ッ！」

紲の奥にどくりと精を放った瞬間、ルイは愛しい声を聞く。

同じ声でも明確な違いを感じた。知り合ったばかりの、今のところまだ他人に等しい紲と、最愛の番として苦楽を共にしてきた紲では、口調も違えば表情もまったく違う。

「紲……！」

目の色も変わって、亜麻色の瞳は紫と赤のオッドアイに変化していた。

精液を取り込むための淫魔としての変容は実に鮮やかで、そして、ルイの紲が目を覚ます。

何事もなかったかのように、「ルイ……もっと……」と求めてきた。

「――紲、よく帰ってきたな」

紲の中に眠っていた、『誰にも迷惑をかけない普通の人間』は、満足しただろうか。

血溜まりで絶望することも踏み躙られることもなく、好いた相手と合意の上で愛を交わし、罪垢を濯ぐことができたのだと思いたい。

「ルイ……あれ、俺……なんで……あれ、洗濯物は？」

「大丈夫だ、何も心配要らない」

「……ん？」

紲の中に眠る悲しい記憶が、少しでも薄まるように……ルイは祈り、紲の額に口づける。

淫魔としてルイの精を吸収した紲は、艶々と潤った唇を開いた。

「なんか、妙な夢を見た気がするんだけど……馨、いるよな？　俺、卵……産んだよな？」

官能に酔った目をしながらも、紲はどこか不安げな表情で問う。

ルイの腕の中にいても、体が淫らに繋がっていても、やはり紲は馨の母親なのだ。

ルイが、「もちろんいるが少々拗ねているかもしれないな」と答えると、理由がわからない様子で、「俺……馨に何かしたっけ？」と首を傾げた。

END

16th anniversary
祝 ラヴァーズ文庫様

16周年おめでとうございます。
ラヴァーズ文庫様の益々の御発展を、
心よりお祈り申し上げます。

犬飼のの

薔薇の宿命シリーズを応援してくださる読者様のおかげで、
今年もラブコレに参加させていただくことができました。
カップリングはTwitterでアンケートを取り、
ルイ×紲を書かせていただきました。
お楽しみいただければ幸いです。

薔薇の宿命シリーズ
ラフ画特集
TOMO KUNISAWA Presents

表紙用.
バラでうめる.

表紙用

6

8

うと…
今日はゆっくり休んでて下さい!!
ふわ…
…馨？
ん？
チラ、
ピルルッ
フイッ
くすっ
…小さかった頃さ、

庭で暴れ回って、
俺に怒られると思って
蒼真と二人して
そんな顔してたっけ
ボロッ
…懐かしい
明日なに食べたい？
リクエスト
考えといて
ぐい
ぐい

今日はお言葉に甘えて
休ませてもらっちゃお

あっ
紲さんと
馨ちゃんは…
尊い…!!
後でまた
起こしに来よう…
はい？
どっちも心配で
覗き見してた人
END.
ラヴァーズ文庫
16周年おめでとうございます！
薔薇ファミリーに
変わらぬ愛を込めて！

情夜

ふゆの仁子

illustration 奈良千春

高柳智明にとってレオン・リーこと李徳華という男は、良き友人であると同時に、よき相談相手だった。

上海という都市の表と裏、両方の世界を操る李家のトップの位置にあるものの、その仕事は人に任せ、タトゥーアーティストとして、ニューヨークを拠点に活躍している。カリスマと称される腕であることは、高柳もよく知っている。

何しろ高柳の太腿には、彼の手により龍が彫られているのだ。それも伝説とされる白粉彫りという、体温が上昇したときにだけ皮膚に浮かび上がる手法でだ。

昂った状態でなければ、彫られた当人ですら確認できない。そんな特別な手法で描かれた龍は、芸術に関してまったくの素人である高柳が見ても、素晴らしかった。

当然のことながら、高柳が龍を自分の体に刻んだ理由は、ティエン・ライだ。香港の龍と称される立場にある男への想いが真摯なものだと伝えたい。裏の世界に潜むティエンが自分の前から姿を消さないようにと、高柳は高柳なりに悩み考えた。

レオンとの出会いがなければ、辿り着かなかった結論だ。だからレオンには感謝しているし、何よりレオンとの出会いに感謝している。

上海との懸け橋にもなり、彼の恋人となった、かつてウェルネスの法務部にいた梶谷英令や、客家の侯との縁もできた。

レオンを信用したのは彼の人となりが一番だが、ティエンとも面識があると知ってからは、より親しみが湧いた。

つまり高柳にとってレオンという存在は、根底にティエンがあってこそなのである。レオンも同じだと思う。梶谷がレオンにとって大切な存在なのは誰の目にも明らかだ。高柳自身、レオンに気に入られている自覚はあっても、それはあくまで揶揄い甲斐のある、ペットや子どもに対する扱いに近い。間違っても、そこに恋愛感情はもちろん、情欲を絡めるものではない。

そう思っていたし、信じていた。

だから高柳が記憶喪失になり、ティエンとの関係を忘れていたとき、レオンが情欲を煽ってきたという事実についても、二人のことを考えたがゆえの「ポーズ」に過ぎなかっただろう。とはいえ、残念ながらそのときの高柳の記憶は曖昧なため、あくまで伝え聞いた話から想像したに留まる。だから、多少のやりすぎ感は否めないものの、それでも、レオンの本心を疑ってはいない。

おそらくティエンも、心の底ではわかっているのだろう――と、思う。思うけれども、感情の上では納得のいかないものがあったのだと、高柳は今さら思い知らされている。

激しく軋むベッドの音、衣擦れの音、肌と肌のぶつかり合う音に、猥雑な水音が混じる。

温度設定を低めにしてもなお、冷めない熱を発する体からは、大量の汗が溢れ出していた。

「も、ダ、メ……」

高柳は皺だらけになったシーツを、無意識に摑み、そこに上気した頰を擦りつけた。滴り落ちた汗を吸い込んだシーツにできた染みは、みるみるうちに大きく広がっていく。鍵を閉めた窓を覆うカーテンの隙間から、まだ高い位置にある陽射しが差し込んでいる。その陽射しで明らかになるティエンの顔に、高柳は無理な体勢で視線を向けた。眼鏡はなく、濡れた髪が額を覆っている。微かに唇は開き、眉間に深い皺を寄せた状態で、指が食い込むほど摑んだ高柳の腰に、激しく己の腰を打ちつけている。

「あっ」

一際強い突き上げに、高柳の口から甲高い声が溢れる。その声に煽られるように、ティエンは激しく腰を律動させてきた。

「ちょ……ティエ、ン……や、あ、あ」

「嫌、じゃないだろう?」

ティエンは口角をほんの少し上げただけで、揶揄するように言うと、腰の角度を変えて高柳の中を突き上げてくる。

「ひゃ……」

自分でも予想していなかった甘い声が零れてしまう。同時に高柳自身がびくりと震えた。その反応を、ティエンは見逃さない。

伸びてきたティエンの指が、火傷しそうに熱い高柳に絡みついてくる。薄い皮膚を捲り上げ、先端の敏感な部分に親指の腹を押しつけてきた。

「なんだ。まだいけるじゃないか」

「……っ」

抉れたそこをなぞり、剝き出しになった欲望を煽る。破裂寸前の風船のようなギリギリの状態にされ、高柳は泣き出したい衝動に駆られる。だが、そんな状態でもティエンは許してくれない。ギリギリまで追い詰めておきながら、最後の最後で焦らす。

今までに、既に何度も射精させられている。冷静な判断力はとうに消え失せた。散々、愛撫された肌は、軽く撫でられるだけで総毛立ってしまう。

まさに、体中が性感帯になったかのようだった。

嫌なのだ。苦しいし、辛くてみじめで焦れったくて情けない。だが同時に、嬉しいし幸せで、こんな自分が愛おしい。

腹の奥のほうまでティエンの欲望を銜え込んだ体。男とのセックスで快楽を覚えるようにしたのはティエンだ。ティエンの唇が好きで、体が好きで、心が好き。ティエンとのセックスが何よりも好きで、こうして抱き合っている瞬間が大好きだ。

「んん……っ」

体の中のティエンが、臍の下辺りを擦ってくるのがわかる。

ドクンと、ざらついた感触で、射精を封じられている欲望が疼く。行き場を失っている熱が血管を辿って体内で暴れているようだった。

「さんざん達った癖に、もうベタベタじゃないか」

先を封じるティエンの爪の先を、溢れ出した蜜が汚している。細い糸を引く粘液を、ティエンは己の指の腹で高柳自身に塗りつけていく。滑った外皮が、厭らしく滴っていく様を見ながら、戒めを解かれた高柳は何度目かわからない絶頂を迎えた。

「あ……う、ん……んっ」

ティエンに揶揄されたように、繰り返し射精してもまだ、高柳の体の中には愛液が残されていた。

だが、行為が始まった当初とは明らかに違う。

ぶるっと体を震わせ、その瞬間に解き放てる欲望を吐き出したことで、高柳は脱力する。だが体内の欲望はいまだ力を失うことはなく、存在を誇示している。

「まだだぞ」

項に歯を立てながら囁かれる吐息での言葉で、背筋に電流のような刺激が走り抜けていく。

「まだって……待っ、て、ティエン、何……」

高柳は足を高く掲げられ、二人が繋がった場所を支点に腰をひっくり返された。

一瞬の出来事ののち、見上げた視線の先にはティエンの顔があった。高柳の放ったもので濡れた指を嘗め上げる舌の艶めかしさに、無意識に鼓動を強くする。

もう見飽きるほど見てきた顔だ。

セックスも、数え切れないほどした。

それなのにこうして見つめられると、鼓動が高鳴り体温が上昇し、ティエンが欲しくなる。

「どうした?」

ティエンの濡れた指が、ゆっくりと高柳の体に触れてくる。爪の先が描く線を、必死に視線で追いかける。ティエンの指先は胸の突起のところで止まり、乳輪の縁を辿っていく。

射精後に緩んでいた突起は、巧みな指技でまたぷくりと膨らんでしまう。

「気持ちいいか?」

それを見てティエンが笑う。

「いいよ。いいに決まってる」

否定したところで、最終的にはティエンの求める言葉を口にする羽目になる。だから高柳は素直な気持ちを言葉にする。

改めて確認されるまでもなく、高柳にはティエンだけだ。ティエン自身、わかっているはずなのに、執拗に高柳の気持ちを吐露させることがある。

通常の場合は、ある種のプレイのことが多い。高柳もあえて、意地を張って天邪鬼な反応をする。喧嘩の後のセックスに興奮すると互いにわかっているから、試してしまうのだ。

わかっていても「知りたい」し、知っていても「聞きたい」衝動に駆られる。

好きだ。愛している。

態度だけでは足りずに言葉で聞きたい。どこまで許してくれるか試したい。

相思相愛になって尚、定期的に互いの心に湧き上がってくる。

決して信用していないわけではないし、疑っているわけではなかった。

少なくとも、これまでは。

でも——今回は少し、いや、かなり、違う。ティエンが自覚しているか否かはともかく、高柳は明確な違和感を覚えていた。

(何がきっかけだっけ)

激しく腰を揺らされながら、高柳は記憶を遡らせる。だが、はっきりとした「きっかけ」は思い出せない。多分、大したことじゃないのだ。いつもなら互いに普通に笑って流せていた些細な綻びだ。

互いに知らないふりをして、フォローし合い、なかったことにできるぐらいのこと。

高柳はそのつもりだった。

でもティエンは違っていた。

「何もなかったんだろうな？」

これ以上食べられないほどの夕食を終えて、そこそこ酒を飲んで、二人で一緒に風呂に入ったのち、さあ、これから寝る前にセックスしようか。そんなタイミングでティエンが聞いてきた。

「レオンさんと？　あるわけないじゃん」

高柳の記憶が戻って直後には確認されたものの、それで終わりだった。少なくとも高柳は終わったと思っていた。

実際のところ、何もなかったし、レオンが本気でないことはティエンもわかっていることだ。二人にとってレオンは半ば戦友だ。何よりレオンには梶谷という恋人もいる。そんなレオンが、「本気で」高柳に何かを仕掛けるわけがない。

冷静に考えれば至極当然の話なのに、ティエンは心のどこかで完全に疑惑を打ち消せずにいたのだろう。それこそ、内腿に刺青を入れたときからかもしれない。

レオンが高柳には甘いというのも理由のひとつの可能性はあるが、高柳に言わせれば、それもティエンがいたからこそだ。『香港の龍』であるティエンを手懐けた高柳だからこそ、レオンはちょっかいを掛けてきた。

だが思えば、向けてくる視線が変だった。わかっていたのに、高柳は気にしないようにしてしまったのだ。

「嘘だ」

「嘘じゃないし」

多少拗ねているように見えても、今だけだ。セックスして、寝て起きたら、翌朝はいつも通りに戻っているに違いない。

だから言った。

「そんなに疑うのなら、体に聞いてみていいよ」

ソファに座るティエンの膝の上に跨って向かい合わせになると、己の下肢に男の手を導いた。

高柳も多少酔っていた。だがそれ以上に、ティエンも酔っていたのだろう。

ティエンは元々酒に強い。記憶にある限り、酔った姿を目にしたことがない。当人曰く、酔ったことはあると言うから、傍から見てわかる酔い方ではないのだろう。

決して、ティエンを甘く見たわけでもないのだが、結果は今の通り。

執拗なまでに高柳を追い立て責める様は、ある意味、普段と同じと言えなくもない。だが、これまでに何度も抱き合ってきた高柳からすると、今日のティエンは、何かが違っている。

具体的に「何が」と言えるほどの変化ではない。それこそ些細なことの積み重ねで高柳は「違う」と感じている。

その「違い」が、レオンのせいかもしれない。

ティエンの中で消えずに燻り続ける嫉妬や怒りの感情が、別の形で今、露わになっているのだとしたら、普段との違いに納得がいく。

「ティエン……」

高柳の呼びかけに返すことはなく、ティエンは唇を真一文字に引き結んだままだ。無言のまま高柳の腕を摑み、一度射精を終えても、またすぐ次を始める。

何度目かは、もう高柳もわからない。

違和感を覚えつつも、冷静な判断力は消え失せて、ひたすらに快感を貪ることにした。

そうしなければ、頭がおかしくなりそうだった。

ティエンは猛った己を乱暴に引き抜きながら、脱力する高柳の膝を大きく開いてくる。

「あ……」

熱を失うことのないティエンの先端が、高柳の腰へ押し当てられる。既に何度もティエンを含んでいる場所は、熱で溶かされ、いやらしく蠢いている。

そして柔らかく異物を包み込み、中へと誘っていく。

その反応にティエンが揶揄するように笑う。

「わかるか？」

ティエンは二人の体の繫がったそこに手を添えて、高柳に言葉で確認してくる。

「お前のここ、熱くて溶けそうだ」

上がった口角とその脇にできる笑い皺がなんとも色っぽい。高柳は無意識に両手をティエンの首に伸ばし、ゆっくり己の上半身を起こす。

向かい合わせに抱き合った状態で、高柳はティエンの顔を凝視する。

ティエンの瞳には、高柳が映り込んでいる。高柳だけを見ている。

どんなときも、ティエンは変わらない。

ひとたび何かが起きれば、高柳を全力で守ろうとする。実際に守ってくれる。とはいえ、高柳はただ一方的に守られることは好まないし、大人しくもしていない。

それゆえに、何度となく危ない目に遭遇しながら、今もこうして生きてティエンと共に過ごしている。

「愛してる」

高柳は心の底から溢れてくる想いを明確な言葉にする。

「愛してる」

もう一度告げたそのままの形で、ティエンの唇に己の唇を重ねる。

啄むような甘いキスを繰り返していると、次第に唇が熱を帯びてくる。濡れてくる唇に合せるように、二人を繋げた場所の温度も高まってくる。そこから高柳自身に熱が伝わる。

「ん………」

鼻に抜ける甘い声が、喘ぎに変化する。深いところまで舌を絡ませ濃厚に口づけながら、ティエンはゆっくり高柳の腰を突き上げる。高柳の体の中でティエン自身が熱く脈動し、硬く大きくなってくる。

「ティエン……」

この男の存在は、高柳にとって、もはやなくてはならないものになっている。

「俺はティエンのものだから」

口づけの合間に高柳は訴える。

「何があろうと、俺はティエンのものだから……何も心配しないで」

レオンに何を言われようと、いや、レオン以外の誰かに何を言われようと、されようと、高柳の気持ちが変わることはない。

もはや、理屈ではないのだ。

自分にとってのティエンも、ティエンにとっての自分も、唯一無二の存在だ。

だから嫉妬する必要はない。心配しなくてもいい。

内腿に描かれた龍が、その存在をくっきりと浮かび上がらせている。

激しくなる動きの中、快楽に溶かされる理性の中、高柳は改めてそのことを実感していた。

「覚えてないの？」

高柳の問いかけに、ティエンは真顔で頷いた。

「まったく」

シャワーを浴びてすっきりしたらしいティエンは、乱雑に髪を拭いながら、外していた眼鏡をかける。膝丈のスウェットを履き、ウエストで紐を結ぶ。

「それも覚えてない？」

高柳が指で示した場所、露わになった鍛えられた上半身には、昨夜の情事の名残がはっきりと浮き上がっている。

高柳のつけた爪の痕をまじまじと眺めるものの、ティエンは「すごいな」とまるで他人事のような感想を口にする。

「すごいなって……」

ベッドから起き上がれない高柳は、呆れたように口を開けた。

「セックスした記憶がないわけじゃない」

ティエンはどかりとベッドの端に腰を下ろし、高柳の頬に大きな手を押し当ててくる。ひんやりとした掌の感触がなんとも心地よい。

「冷たい」

猫があまえるように頬を擦りつけると、ティエンは眉を上げる。

「熱があるのか？」

「うーん。もしかしたら……そうかも。でも、大丈夫」

さすがにあれだけ激しい情事を繰り返したら、多少、体調が悪くなっても仕方ないだろう。

ティエンのせいだが、高柳自身に責任がないわけでもない。

拒める状況ではなかったかもしれないが、決して無理やりされたわけではない。

「悪かった」

大丈夫と高柳が言っても、ティエンは謝ってきた。

「謝られることじゃないよ」

そんな風にさせてしまった原因は高柳にあるのだ。

故意ではなかったにせよ、高柳がティエンのことを忘れなければ、元々こんなことにはならなかった。

高柳の言葉を聞いても、ティエンの表情はすぐには晴れない。

「すごかったよ、昨夜のティエン」

だからあえて明るい口調で言う。

「まったく萎えなくて、常にビンビン。ビンビンっていうか、カチカチっていうのかな。抜かずの三発なんて当たり前で、射精してもすぐに硬くなってたしね。突かれるたびに、グチュグチュっていやらしい音がしてて、びっくりした」

わざと猥雑な言葉を使って、ティエンの指に舌を伸ばす。自分を見る男に熱を帯びた視線を向けると、相手はすぐにその意図に気づいたのだろう。

「熱があるんだろう？」

「そうかも。でも、大丈夫」

具体的に「何が」大丈夫なのかは言わなくとも、ティエンには伝わるだろう。

「だから、しよう？」

昨夜の記憶を呼び覚ますために。

ティエン自身が、レオンへの嫉妬を己の中で燻らせ続けないために。

どれだけ高柳がティエンを大切に思っているか、どれだけ愛しているかを伝えるために。

体が辛くないと言ったら嘘になる。だが同時に、そこまでティエンに求められた事実が嬉しくないわけではない。

何より、高柳自身、気持ちよかった。

「智明……」

触れ合った指先から、高柳の想いがティエンに伝わったのだろう。微かに眉尻を下げながらも、誘われるままにティエンは高柳にキスをする。

啄むキスを繰り返しながら、ティエンはゆっくり高柳のいるベッドに乗り上がっていく。仰向けに横たわる高柳の上に覆い被さるのに合わせ、ティエンの手は肌に触れてきた。

軽く撫(な)でられるだけで、すぐに肌がざわついた。

「………っ」

些細な、愛撫(あいぶ)とも言えない刺激に反応する高柳に、ティエンは驚(おどろ)いたように目を瞠(みは)る。

高柳はそんなティエンに微笑みかけ、吐息で訴(うった)える。

「ティエンが欲しい」と。

END

16周年おめでとうございます。

一年一年と積み重ねて訪れた16周年。
色々大変な世の中ですが、
変わらず、いえ、さらに濃厚濃密な世界を
邁進してください。

ふゆの仁子

龍の困惑
ラフ画特集
CHIHARU NARA Presents

背景 十分のイメージで。
線路の上の
水たまりに台湾ぽい夜景。
（ランタンも飛ばす。）
メガネここ
桜
キスマーク
ティ＆高
私服
高は包帯
（事故の）
下は
線路と水たまり
桜とランタン
（龍柄）
ティエンの初恋ぽい感じ…
※桜は2人の出会いのシーンより。
と比喩です。

テイ
黒シャツ前開。
←赤かピ
にするか
高
派手シャツ
+
ボクサー
+
ハーパン？
ほぼ脱ぎ。
背
ホテルベッド

LCカバー②
テイエン
タカ
グラス☆
キラキラグラス
16TH ケーキ
バーカウンターとスツール
キラキラ?

P/N-龍
西日
背 洋ベッドルーム。
トレー
(メガネ・タバコ・ティッシュ
シャンデリア

高柳
遠藤
ティエン
レオン

夜海

⑤
P85〜
赤、黄・緑
金運アップ
健康第一
商売繁盛
いい仕事がみつかりますように
藍
いい仕事がみつかりますように

フェイとUMAな男たち
ねーティエン
UMAって知ってる？
ティエン（39歳）
…未確認動物…？
フェイロン（13歳）
こんどの日本観光だけど〜フェイは黒浜のピンヒンに会いたいんだよね？
ペラ
送迎は無いからレンタカーを借りた方がいいかもしれないなー
ペラ
あ そうそう このあたりだとね
ペラ
ちょうど海沿いに海鮮ビュッフェの入ったホテルがあったと思うんだけど……
ペラ…
そうそれ ほら今目の前に。
あったあった このホテル♪
…
でも人気すぎて今からじゃ予約取れるかなあ〜
おかしいと思わない？
来年で40だよ？40目前男の肌艶じゃないよアレ。
むしろ若返ってる気さえするし…
高柳ってまじに宇宙人かなにかなのかも！
全否定出来ないのがコエ〜
ア・ホ・か
ねえ!? 聞いてる!?
そのホテルってタケショー上ラベルですよね？
11

お茶いかがです？
私、竹勝社長とは懇意にしておりますので
お話通せるかもしれませんよ
ペロッカー
先生（考えちゃいけない歳）
本当ですか!?
先生さすがの人脈すぎる～♥
お願いします～♥
考えるな感じるんだ
うちゅーじん2ロち…
…コスモ？
うーん
END
ラヴァーズ文庫さま
16周年おめでとうございます♥
撮影♥遠藤くん
美人攻めが大好物です☆二〇二〇・奈良千春

Lovers Label

ラブ♥コレ 16th anniversary

ラヴァーズ文庫をお買い上げいただきありがとうございます。
この作品を読んでのご意見・ご感想をお聞かせください。
あて先は下記の通りです。

〒102−0072
東京都千代田区飯田橋2-7-3
(株)竹書房　ラヴァーズ文庫編集部
秀 香穂里　いおかいつき　西野 花
バーバラ片桐　犬飼のの　ふゆの仁子
奈良千春　國沢 智　うめ

2020年11月6日
初版第1刷発行

●発行者　後藤明信
●発行所　株式会社　竹書房
〒102−0072
東京都千代田区飯田橋2-7-3
電話　03(3264)1576(代表)
　　　03(3234)6246(編集部)
●ホームページ
http://bl.takeshobo.co.jp/

●印刷所　中央精版印刷株式会社

ISBN 978-4-8019-2446-8

ラヴァーズ文庫
Lovers Label
発育乳首
HATSUIKU CHIKUBI
著 秀香穂里
画 奈良千春
課長の乳首、誰に開発されたんですか？
保存中
禁欲的で冷たい容姿を持つ、桐生義晶は、
決して知られてはいけない秘密を隠している。
毎晩、居候の坂本に乳首を嬲られ、
大きく育っているのだ。
その秘密が、会社の上司と部下に
ばれてしまった——。
「俺たちも君が欲しかったのに、妬けるな」
毎晩の情事のせいで、自慰経験もろくにない桐生が、
乳首だけを念入りに開発されている
秘密を知った男たちは…。
絡み合う恋の駆け引き、
大人の秘め事。
好評発売中!!

ラヴァーズ文庫
Lovers Label
飴と鞭も恋のうち
Secondヴァージン
お尻はもう勘弁してくれ
エリート刑事
イキすぎ!?
著 いおかいつき
画 國沢 智
捜査一課のエリート刑事・佐久良は、
酔って記憶を失くしたせいで、
ふたりの部下と、同時に付き合うことになってしまった。
恋人を甘やかしたい若宮と、泣かせてしまいたい望月。
ふたりの『アメ』と『ムチ』に喘がされ、
硬派な刑事がとろけていく――。
絶体絶命!! 佐久良の運命は!?
好評発売中!!

ラヴァーズ文庫
Lovers Label
龍の困惑
俺のこと
嫌いなんだろう？
それでも俺はお前を守る
この命に代えても
著 ふゆの仁子
画 奈良千春
「嘘かどうか、体で存分に証明してもらう」
南国の島で、蜜月を過ごしていた、高柳と恋人のティエンは、
高柳が台湾に行くと言い出したことで、ケンカをする。
そのまま、ティエンに内緒で台湾を訪れた高柳は、
事故に遭ってしまった。
「僕らは本当に恋人だったのかな？」
記憶が、恋人になる前に戻ってしまった
高柳を見つけたティエンは――。
好評発売中!!

ラヴァーズ文庫
Lovers Label
鬼上司の恥ずかしい秘密
ONI ZYOUSI NO HAZUKASII HIMITU
HANA NISHINO PRESENTS 西野 花
ダメッ
冷酷主任がつるつるなんて
たっぷり弄ってあげますよ

著 西野花
画 國沢智

ラヴァーズ文庫
Lovers Label
禁断の凹果実
きんだん
どうして…そんな
乳首ばっかり
「もし凹んだ乳首が治ったら、自由にしてやろう。
だが、治らなかったら、君は私のものだ――」
就活中の昭博は、借金を理由にバイト先の店長に誘惑され、
Hな動画の生配信に、毎週ひとりで出演させられていた。
昭博の陥没乳首を愛でる動画は、
なぜか人気チャンネルになってしまい、
その動画を観た、ある大企業の若社長が、
昭博の乳首を買い取りたいと言ってきた!!
「隠れている乳首を、開発するのが楽しみだ」
どうする!? 最大の貞操ピンチ!!
好評発売中!!
著 バーバラ片桐
かたぎり
画 奈良千春
ならちはる

ラヴァーズ文庫
Lovers Label
ベッドルームキス
BEDROOM KISS
KEEP OUT
一緒に住んだら監禁しそうだ
著 いおかいつき
画 國沢智
敏腕刑事の河東一馬と、科捜研の新鋭・神宮聡志。
秘密で付き合い始めたふたりの間には、いまだに解決していない問題がある。
それは、どちらが相手に「抱かれるか」ということ。
好きな奴とは抱き合いたい。でも男のプライドは譲れない!!
そんな中、異動で一馬の引越しが決まる。
普段から、色んなイイ男に狙われている一馬の新居を、
誰にも知られたくない神宮は――。
独占欲が新たな事件を巻き起こす!!
好評発売中!!

ラヴァーズ文庫
Lovers Label
極イキ❤社内タブー
社長、会議室であえぎすぎですよ
SHACHOU NI
SHUUNIN SHITARA
HISHOKA NI
CHOUKYOUSAREMASHITA
社長に就任したら
秘書課に調教されました
「秘書を困らせると、お仕置きですよ」
若くして、お菓子メーカーの社長に就任した、
藍川理月（あいかわりつき）には、三人の秘書がついている。
優秀な秘書たちは、いつも理月を支えてくれるが、
そのスマートな仮面の下には、美しい理月に対する淫らな独占欲を隠していた。
甘い罠に堕ちた若社長は、忠実だったはずの男たちのなすがままに弄ばれ、
受け止めきれないほどの愛を与えられて、
狂おしい愛罠にハマっていく――。
著 西野花（にしのはな）
画 うめ
好評発売中!!